시크릿
메즈

시크릿 메즈 6

가프 장편 소설

초판 1쇄 찍은 날 § 2017년 2월 9일
초판 1쇄 펴낸 날 § 2017년 2월 16일

지은이 § 가프
펴낸이 § 서경석

편집책임 § 조현우

펴낸곳 § 도서출판 청어람
등록번호 § 제387-1999-000006호
등록일자 § 1999. 5. 31
어람번호 § 제1-2622호

주소 § 경기도 부천시 부일로 483번길 40 서경B/D 3F (우) 14640
전화 § 032-656-4452 팩스 § 032-656-4453
http://www.chungeoram.com
E-mail § chungeorambook@daum.net

ISBN 979-11-04-91191-0 04810
ISBN 979-11-04-90929-0 (세트)

8
FUSION FANTASTIC STORY
가프 장편소설
[완결]
시크릿 메즈
SECRET MEZ
도서출판 청어람

시크릿 메즈

SECRET
MEZ

CONTENTS

제1장
가엾은 발악

점심시간 이후에는 영어 과외를 받게 되었다. 문수가 말한 그 프로젝트였다.

　　—해외 컨설팅을 위한 필수 과정!

　　그 말은 차마 반박할 수 없었다.

　　"선생님 오셨습니다."

　　문수가 과외 선생을 안내해 왔다. 이미 사진으로 본 영어 선생은 밝고 생동감 넘치는 표정의 미인이었다.

　　"영광이에요."

　　그녀가 웃었다.

　　"저도 영광입니다."

강토는 정중하게 그녀를 대했다. 영어 강사도 스승인 것이다.

여자는 미국 대사관에서 일한 경력이 있다고 했다. 유엔 본부에서도 일을 했단다. 지금은 외국 투자기관으로 옮겨가기 위해 잠시 쉬는 몸. 문수의 레이더에 걸려 통화를 했는데 그 대상이 강토라기에 덥석 수락한 그녀였다.

"방 실장님이 그래요. 뇌파 전문가라서 영어 습득이 쉬울 수 있을 거라고. 가르치기도 전에 막 기대가 되는 거 있죠?"

그녀가 내민 건 주제별 학습 계획표뿐이었다.

바로 과외가 시작되었다. 첫날이지만 수준은 낮지 않았다. 강토가 영어를 어느 정도 하는 데다 맛보기 강의에서 매직 뉴런을 통해 놀라운 이해력을 보인 까닭이다.

"좋아요. 여기까지 하고 한번 리바이벌해 볼게요. 제가 말한 주요 표현들을 저랑 맞춰서 사용해 보세요."

강사가 강토를 바라보았다.

딱 두 번. 강사가 강조한 표현들이다. 강토는 한두 개를 제외하고는 적재적소에 그 표현을 사용했다. 실로 놀라운 일이 아닐 수 없었다.

"와우!"

강사가 입을 쩍 벌렸다.

"나도 놀라운데요?"

강토가 말했다.

"그러게요. 잊어버리지만 않는다면 오래지 않아 영어로 상담하셔도 될 것 같네요. 이렇게 우수한 학생을 가르치려니 무지하게 긴장되는데요?"

강사는 웃음으로 첫 강의를 마쳤다.

그녀가 나가자 강토는 매직 뉴런들의 돌기를 자극했다. 한번, 두 번, 세 번……. 자극이 거듭될 때마다 돌기는 조금씩 두꺼워졌다. 한 번 더 외우는 것이다. 장기 기억 같은 효과를 보는 것이다.

'내친 김에 시리아 말도 배워?'

다음으로 예정되었다는 시리아 관련 비즈니스. 강토의 자신감은 거기까지 달려가고 있었다.

저녁 시간, 강토는 문수를 대동하고 도노반의 한국 대리인을 만났다. 영어는 써먹지 못했다. 한국 측의 업무를 대행한다는 그가 한국어에 능통한 까닭이다.

"이강토 대표님!"

해물찜 집의 내실에 들어서자 그가 먼저 강토를 반겼다.

"처음 뵙겠습니다."

강토도 반갑게 대답했다.

"술 드시겠어요?"

종업원이 들어와 물었다.

"괜찮으시면 저는 소맥 마시게 이슬이와 카스!"

대리인이 강토를 바라보았다.

"그럼 저희도 같은 걸로 하죠."

오더는 문수가 맡았다.

"한국사람 다 되셨네요? 소맥도 좋아하시고."

강토가 물었다.

"그러네요. 처음에는 그거 마시고 맛이 갔는데 한두 번 더 마시다 보니 입에 붙게 되었어요."

"저희 것도 제작 부탁드립니다."

"영광입니다. 정성을 다해 제조해 드리겠습니다."

대리인은 고개를 숙여 보였다.

술이 들어왔다. 대리인은 자기만의 특허 비법이 있다며 폭탄주를 제조해 주었다.

그 비법은 사이다였다.

소주잔으로 반을 넣으면 샴페인 맛을 머금는다나? 아무튼 첫 잔을 들고 건배를 했다.

"목을 축였으니 이제 비즈니스 먼저 해야죠?"

딱 한 모금을 마신 대리인이 말했다. 한국에 산다고 뼛속까지 한국인은 아니었다. 합리적인 서양 정신은 잊지 않은 그였다.

"자세한 건 도노반 회장님께서 말씀해 드릴 테고 저는 스케줄과 얼개를 설명해 드리고 계약서를 쓰는 역할까지만 지시받았습니다."

"……."

"우선 목적지는 덴마크입니다. 거기서 수상을 만나게 되실 겁니다."

덴마크?

살짝 긴장하는 강토. 시리아 관련이라기에 중동만 생각한 까닭이다.

게다가 수상!

만만한 의뢰는 아닐 것 같았다.

"날짜는 다음 주입니다. 곧 유럽 각료회의가 있을 예정인데 그전에 만나야 하거든요. 늦어도 나흘 후에는 출발하셔야 합니다."

"……."

"업무는 회장님께서 원하는 단서를 수상에게서 찾아내시면 되고요, 제시 금액은 계약금 100만 불에 독심 성공 시에 1,000만 불입니다. 기타 비용은 저희가 일체 부담합니다."

"……!"

1,000만 불.

액수에 놀란 강토와 문수가 서로를 돌아보았다.

"액수가 적으면 이 대표님이 원하는 대로 조정하라는 권한도 받았습니다만……."

"아, 아닙니다."

강토가 손사래를 쳤다.

1,000만 불이 뉘 집 강아지 이름인가?

"이 계약은 시리아 계약 건과 연결되는 계약입니다. 물론 그 의뢰의 계약은 따로 산정하겠지만 향후의 스케줄은 우리 쪽에 일임하셔야 합니다."

"미리 통보만 해주신다면 문제없습니다."

"그럼 서로 합의가 된 것으로 이해해도 될까요?"

"예!"

"잠깐만요. 회장님께서 합의가 되면 연결하라고 하셨거든요."

대리인이 전화를 집어 들었다. 잠시 후 전화에서 도노반의 화상과 목소리가 흘러나왔다.

―이 대표!

도노반은 아주 좋아 보였다.

"안녕하세요?"

―다시 만나게 되었군. 잘해봅시다.

도노반은 영어를 썼다. 하지만 안부 정도라서 문수의 통역을 빌릴 정도는 아니었다.

"저를 잊지 않아주셔서 고맙습니다."

―나야말로 고맙소. 한국에서 일어난 의회 검증 사건은 흥미롭게 보았소. 과연 이 대표다웠소.

"고맙습니다."

―그럼 코펜하겐에서 뵙시다.

인사를 남긴 도노반이 화면에서 사라졌다. 곧이어 대리인이 계약서를 꺼내놓았다. 도노반의 사인이 된 서류였다. 강토는 본인 사인란을 채웠다. 초대형 의뢰가 다시 성립되는 순간이었다.

비가 내리기 시작했다. 폭우였다. 강토는 사무실에 있었다. 한쪽에서는 꽃들이 말라가고 있었다. 시민들이 보내준 꽃이다. 버리기 아깝다고 세경이 챙겨둔 것이 한쪽 벽에 가득했다. 덕분에 사무실은 그들의 마음과 꽃 향이 가득했다.

우르릉!

천둥이 울었다. 와자작 낙뢰도 떨어졌다. 그날 생각이 났다. 차일환의 연구소. 그곳에서 본 낙뢰의 밤. 그때 강토는 6번 뇌와 대화하고 있었다. 신기하게도 진짜 대화가 되었다.

〈난 사람이야.〉

강토는 허공에 내리꽂히는 뇌전처럼 선명하게 기억하고 있었다.

6번 뇌가 보내온 아련한 울림.

그는 자기 아버지의 부조리와 악을 응징하려 했고, 결국에는 해내고야 말았다.

'헤이…….'

그날처럼 가만히 읊조렸다. 뒤틀린 권력층의 비리. 강토도 해냈다. 어떻게 보면 개인적인 징치를 한 6번 뇌보다 훨씬 가치 있는 일이었다.

테이블 위의 서류를 바라보았다. 정정련에서 보내온 52명의 명단이 낙뢰를 따라 반짝이고 있다. 지금 이 순간, 가장 쫄고 있는 사람은 누굴까? 저기 무차별적으로 작렬하는 낙뢰 속에 무방비로 서 있는 사람들은 누구일까?

일부는 이미 사퇴를 천명했다. 나머지 의원들도 사퇴를 준비 중이다. 정치는 바야흐로 격랑에 휘말렸고, 청정 국회로의 복귀를 시도하고 있었다.

—민의의 대표자!

—봉사하는 국회의원!

그들 세계를 들여다보면서 강토는 알았다. 자리가 인간을 그렇게 만들었다는 걸. 한국 사회에 만연한 '완장 효과'의 비극이다. 경쟁이 치열하다 보니 누구든 완장을 차면 누리려는 것이다.

그렇다고 해도 정기적인 정화와 여과는 필요했다. 강토는 이번 기회가 그 시원이 되길 소망했다. 저 먼 훗날 또다시 정화가 필요할 때는 또 다른 사람이나 제도가 나오면 될 것이다.

우르릉!

콰자작!

다시 낙뢰가 기승을 부렸다.

"오매, 애 떨어지겠네."

야식을 시켜 먹던 덕규가 철 지난 아재 개그를 작렬했다. 문수는 의뢰자 상담을 겸해 일찍 퇴근했고 세경이도 보냈다. 이제는 강토도 나갈 시간이었다.

"다 먹었냐?"

강토가 물었다.

"비 좀 그치면 가지?"

"그럴까?"

창에서 돌아선 강토가 소파에 앉을 때였다. 전화가 울었다. 모르는 번호였다.

'비리 의혹 의원들이 대표님과 접촉하려고 안간힘입니다. 전화는 가려 받으시는 게 좋을 겁니다.'

문수의 말이 떠올라 그냥 두었다. 그러자 이번에는 사무실 전화가 울었다. 그것도 그냥 두었더니 다시 강토 전화가 앵앵거린다.

"여보세요!"

별수 없이 전화를 받았다. 죄인은 저들이지 강토가 아니었다.

―이강토 대표님?

수화기 속에서 여중생의 목소리가 흘러나왔다.

"그런데요?"

―도와주세요. 아빠가 자살을 하려고 해요.

"......?"

―부탁드려요. 급해요!

"이봐요. 그런 문제라면 경찰이나 119 구조대에 연락해야죠."

―우리 아빠가 장장수 의원이에요. 비리 의혹 명단에 오른.

"……?"

―불명예로 살 수 없다고 목을 매서 죽으시겠대요. 죽기 전에 마지막으로 이 대표님께 할 말이 있대요.

"아빠는 지금 어디 계시죠?"

―목욕탕 안에요. 문을 잠그고 열어주지 않아요. 경찰에 알리면 바로 목을 매시겠대요.

"다른 사람은 없나요?"

―없어요. 아빠와 저 단둘이에요.

"……!"

전화를 놓고 장장수의 자료를 뒤졌다. 여중생의 말은 사실이었다. 장장수는 상처를 하고 혼자 외동딸을 기르고 있었다.

"좀 생쇼 냄새가 나는데?"

덕규가 다가와 고개를 갸웃거렸다.

"차 대라."

"가게?"

"가는 길이잖아. 죽은 사람 소원도 들어준다는데."

"형!"

"빨리 대. 얼른 가보고 집에 가서 쉬자."

"알았어!"

덕규가 바람처럼 움직였다.

와자작!

도로 위에도 뇌전이 미친 듯이 펄떡거렸다.

하늘의 동맥이 늘어진 듯한 형상은 볼 때마다 마음을 섬뜩하게 만들었다.

'장장수 의원…….'

덕규의 말처럼 생쇼일 수도 있었다. 그럼에도 찾아가는 이유는 두 가지였다. 지리적으로 오피스텔로 가는 길에 위치했고, 또 하나는 여중생 때문이었다.

어린 시절 강토는 이와 비슷한 전화를 받은 적이 있었다. 강토의 친구였다. 부모를 여의고 언니와 단둘이 살던 친구. 어느 날 언니가 교통사고로 죽었다. 친구는 제일 먼저 강토에게 전화를 했다. 강토가 달려갔을 때 친구는 작은 원룸에 웅크리고 앉아 떨고 있었다. 그때 생각이 났다. 그뿐이다.

차가 주택 앞에 서자 강토가 내렸다. 우산 따위는 받지 않았다.

"이 대표님?"

문을 열어준 여중생은 하얗게 질려 있었다.

"장 의원님은?"

"저기요. 아무리 애원을 해도 나오지 않아요."

여중생이 목욕탕을 가리켰다.

"장 의원님!"

그 앞에 선 강토가 말했다.

"……."

안에서는 아무런 말도 새어 나오지 않았다.

"삐 컨설팅 이강토입니다!"

차분하게 문을 두드리는 강토. 그러자 안에서 목소리가 들려왔다.

"정말 이 대표요?"

"그렇습니다. 문 여세요."

잠시 후에 문이 열렸다. 목욕탕 천장에는 노끈이 묶여 있었다. 거기 연결된 올가미는 장 의원의 목에 있었다. 생쇼인지 진짜인지는 모르지만 분위기는 그럴듯했다. 분위기 따위에 놀아날 생각은 없었기에 강토는 바로 매직 뉴런을 출격시켜 버렸다.

그 순간 여중생이 나가며 현관문 닫는 소리가 들렸다.

탁!

"응?"

뭔가 이상을 느낀 덕규의 어깨에 힘이 들어갔다.

"이 대표!"

장장수의 표정이 변했다. 가련한 얼굴이던 조금 전과는 달리 느긋한 표정이다. 술 냄새도 살짝 풍겼다.

'덫인가?'

본능이 꿈틀거렸다. 고개를 들자 화답이라도 하듯 장장수가 웃었다. 불손한 연극이 분명했다.

"미안하지만 나랑 담판을 지어야겠어. 아니면 이걸 네 목에 씌울지도 몰라."

장장수가 노끈 올가미를 들어 보였다.

그 말을 신호로 옆방 문이 열렸다. 남자들이 몰려 나왔다. 건달풍의 10여 명이 현관문을 막아섰다. 발끈하는 덕규를 강토가 제지했다. 각본을 듣고 나서 대응해도 늦지 않을 일이었다.

"뭘 원하시기에……?"

"비리 검증 말이야. 거기서 나를 빼줘야겠어."

"그건 내가 하는 일이 아니야."

"알아. 그러니까 내 말은 당신의 단두대 위에서 나한테 무죄를 선언하라는 거야."

그 말은 덕규가 들고 있는 핸드폰에 고스란히 녹음되고 있었다.

"그것 때문에 딸을 이용한 건가?"

"내가 죽으면 딸도 죽을 판이니 어쩌겠나?"

"그렇다면 당신은 헛발질한 거야. 방금 실험했는데 당신 뇌는 독심이 안 되거든."

"뭐야?"

"알아들으셨으면 저기 떡대들 좀 치워주셔."

"그 말 사실이냐?"

"독심 불가?"

"오냐!"

"진실!"

"그럼 각서를 써."

"그건 못하겠는데?"

"그럼 오늘이 네 제삿날이야!"

장장구가 신호를 보내자 떡대들이 시퍼런 흉기를 꺼내 보였다. 유치한 위협이다.

"형, 내 뒤로 붙어."

덕규가 자세를 잡았다. 그러나 상대는 십여 명. 덕규도 잔뜩 긴장해 있었다.

"그 새끼들, 내 앞에 꿇려!"

소파에 앉은 장장수는 느긋하게 양주까지 꺼내 빨기 시작했다.

"의원님 어명 못 들었냐?"

떡대 하나가 흉기를 건들거리며 앞으로 나섰다.

"얌전히 꿇을래, 아니면 진단 좀 받은 다음에 꿇을래?"

깝죽거리던 떡대가 이마를 짚으며 휘청거렸다. 강토의 매직 뉴런이 그를 겨눈 것이다. 뇌 속으로 들어가 무작정 휘저어 버린 것이다.

"우워어!"

무너진 떡대가 몸을 비틀며 고통스러운 절규를 토했다.

강토의 선공이었다. 강력한 위력을 보임으로써 떡대들을 묶어두려던 것. 하지만 계산대로 되지는 않았다. 흥분한 떡대들이 일제 공격에 나선 것이다.

순간,

와장창!

유리창 박살 나는 소리와 함께 그림자 둘이 날아들었다. 강토의 그림자 경호원들이었다.

*   *   *

"와아앗!"

돌아보는 떡대 무리 속으로 덕규가 날아갔다. 테이블을 박차고 오른 덕규는 벼락처럼 맹렬했다. 작렬하는 뇌전처럼 절제되었고, 순식간이었다.

콰작!

떡대 둘이 무너졌다. 뒤쪽에서는 경호원들이 동시에 몰아치고 있었다. 떡대들은 악을 쓰지만 섬세하지 못했다. 싸움은 덩치로 한다? 그건 일반인 경우의 얘기였다. 덕규나 경호원들처럼 내공이 있는 싸움꾼들에게는 통하지 않았다.

"씨바알 놈들아!"

마지막 남은 두 떡대가 미친 듯이 칼부림을 했다. 안으로 파고든 덕규가 한 놈의 발을 걸었다. 휘청거리는 떡대의 마무리는 경호원의 몫이었다. 뒤돌아보는 다른 떡대는 덕규가 짐을 했다. 가뜬하게 옆구리를 찍은 덕규가 사뿐 도약했다. 떡대는 자신의 얼굴로 쏟아지는 또 하나의 뇌전을 보았다. 지옥 같은 덕규의 구두였다.

퍼억!

와자작!

적중하는 발소리에 맞춰 뇌전이 울었다. 떡대는 먼저 쓰러진 무리 위에 가지런히 포개졌다.

"이런 개자식들!"

광분한 장장수가 흉기를 집어 들었다.

"장 의원님!"

강토가 정중하게 그를 호명했다.

"닥쳐! 오늘 진짜로 너 죽고 나 죽는 거다!"

"이러시면 안 됩니다. 국민들이 보고 있어요."

강토가 덕규를 돌아보았다. 덕규 손에는 다시 핸드폰이 들려 있었다. 동영상을 찍고 있었다.

"그거 내려놓지 못해?"

장장수가 덕규를 향해 칼부림을 시작했다. 하지만 그 또한 속절없었다. 이번에는 강토의 시크릿 메즈가 그를 제압했다. 가바를 확 줄여 버린 것이다.

"끄억!"

장장수가 심하게 경련하며 흉기를 떨어뜨렸다.

"개만도 못한 새끼!"

덕규가 다가가 그의 복부에 킥을 안겨주었다.

"컥!"

배를 잡은 장장수가 무릎을 꿇었다.

"어허, 의원님을 그렇게 거칠게 다루면 되냐?"

점잖게 덕규를 밀어낸 강토의 발이 의원의 안면을 내질러 버렸다.

잠시 후에 문이 열렸다. 반 검사와 유 수사관이다.

"어떻게 된 거야?"

반 검사가 물었다. 강토는 동영상을 보여주었다.

"미친……."

반 검사가 치를 떨었다.

"마무리를 부탁합니다. 우린 좀 쉬어야 해서요."

강토는 꾸벅 인사를 하고 현장을 인계했다. 장장수 국회의 원의 죄목은 자그마치 현행범이었다.

"아빠! 아빠!"

차에 오르려 할 때 여중생의 절규가 들려왔다. 이제는 딸까 지 팔아먹은 장장수. 차라리 정말 목을 매고 사정을 했다면 인간적으로 흔들릴 수도 있었다. 그런데 죄 없는 딸을 내세워 읍소하고는 등에 칼을 들이대다니. 금배지를 달 가치도 없는 쓰레기였다.

〈이강토 대표, 현역 의원에게 피습〉
〈현역 의원 장장수, 폭력배 고용해 이강토 대표 살인미수〉
〈장장수 의원, 폭력배와 밀착 밀월 증거 나와〉

방송에 불이 붙었다. 덕분에 일찌감치 잠을 깨고 말았다.
새벽처럼 달려온 아인 때문이다.

"나 러닝 좀 하고 올게요."

덕규는 바로 자리를 비켜주었다.

"어떻게 된 거예요?"

아인이 울먹이며 물었다.

"뭐가요?"

"뉴스 말이에요? 보도본부에서 연락받고 얼마나 놀란 줄 아
세요?"

"뭐 그 정도 가지고……."

"뭐가 그 정도예요? 그런 일이 있으면 나한테 먼저 연락을
했어야죠."

"그게… 밤도 늦고… 별일도 없고… 미인은 잠을 푹 자야
하니까……."

"바보!"

아인이 안겨왔다. 강토는 그녀를 당겨 안았다. 머리칼의 냄
새가 좋았다.

"덕분에 아인 씨 일찍 보고 좋네요."

"됐어요. 한 번만 더 그래보세요. 다시는 안 볼 줄 알아요."

"예, 다음부터는 보고 철저히 하겠습니다."

"다친 데는요?"

"다쳤으면 병원에 있겠지요. 우리 황 부실장이 주먹으로는 일당백이거든요. 또 내가 비밀 경호원도 좀 있고……."

"어휴!"

그제야 숨을 몰아쉬는 아인.

"식사는 했어요?"

"몰라요. 이런 판에 밥 먹을 정신이 있겠어요?"

"그래도 밥은 먹고 살아야지. 다 먹고살자고 하는 일이잖아요."

"조심해요. 앞으로 또 이런 일 일어날지 몰라요."

"이젠 아마 안 일어날 걸요."

"왜요?"

"본때를 보였잖아요. 장장수 의원이 보나마나 다 떠벌려 줄 거예요. 이강토는 못 건드린다."

"하여간 멋있기만 해가지고……."

아인이 다시 강토의 품을 파고들었다. 강토는 그녀의 얼굴을 세워 키스를 했다. 화장도 못 하고 달려온 아인. 그래도 그녀의 입술은 달달하기만 했다.

하지만…….

"엇!"

강토의 키스는 거기까지였다. 문수가 뛰어들어 온 것이다.

"뭐야? 사생활 침해잖아?"

강토가 웃었다.

"죄송합니다."

"뉴스 듣고 온 거야?"

소파에 앉으며 강토가 물었다. 어젯밤 경호원들 입단속을 한 강토이다. 곤히 잘 문수를 위한 배려였다.

"경호원들은 제때에 활약했어. 방 실장이 쫓아와 연애 사업 방해할까 봐 보고하지 말라고 했고."

"대표님!"

"나 이상 없어. 그럼 됐지?"

"예……."

아인을 의식한 문수는 마지못해 수긍을 했다.

"칼까지 휘둘렀단 말입니까?"

아인이 돌아간 후에 문수가 물었다.

"구린 데가 많더라고. 선거 때 폭력배들이 준 자금도 받았고, 폭력배 출신 사장들 뒤도 많이 봐줬고."

"그 와중에도 독심을 하셨군요?"

"그따위로 나오는 데야 어쩌겠어? 심지어는 경쟁이 예상되는 출마 후보자들을 폭력배들 시켜 못 나오게도 했고."

"어린 딸이 있다면서요?"

"그 딸에게는 극진한 아빠였던 모양이야. 제 새끼한테는 추잡한 모습 보이기 싫었던 게지."

"푸헐!"

"아무튼 진짜 비리의 온상이었어. 폭력배 출신 인사들과 어울려 해외 골프 가서 여자를 상납받은 횟수만 해도 제 딸 나이보다 많더라고."

"진짜 악질이군요."

"보고는 여기까지입니다, 실장님!"

강토는 장난스럽게 허리까지 조아려 보였다. 산뜻하게 개인 아침이 창을 따라 들어오고 있었다.

"잘 다녀와요."

덴마크로 향하는 날, 아인이 손을 내밀었다. 강토는 그녀를 안고 키스를 해주었다. 입술에 한 번, 이마에 한 번, 그리고 양볼에 한 번씩한 후에 콧등에서 마무리. 가장 사랑스러울 때 날린다는 다이아몬드 키스였다.

여의도에 그녀를 내려주었다. 그녀는 강토의 볼에 키스를 하고 내렸다.

부릉!

벤츠가 여의도를 등지고 달렸다.

"자료 없어?"

강토가 조수석의 문수에게 물었다.

"없습니다."

"진짜? 이따가 비행기에서 한보따리 안기는 거 아니지?"

"그제 준 거 다 보셨다면서요? 안톤 수상 자료."

"그거야 봤지."

"이번에는 그걸로 끝입니다."

"흐음, 어째 좀 허전한데?"

"그럼 어제 배운 비즈니스 영어 리뷰하시든지요."

"알았어, 알았다고."

강토가 대답했다.

덴마크. 무려 1,000만 불의 의뢰이다. 덴마크의 수상을 만나게 될 거라는 도노반. 그가 원하는 건 무엇일까?

"방 실장 생각은 어때?"

"도노반의 속내요?"

"그래."

"같이 찍어볼까요? 우리 황 부실장부터."

"으악! 나는 좀 빼줘요. 운전 중이잖아요."

"그래? 그럼 다른 것도 빼야 할 텐데?"

"또 뭐가 있어요?"

"보너스. 어제 대표님이 배당금 주셨는데 부실장 건 제외하라고 세경 씨에게 연락해야겠네."

"어, 얼마인데요?"

"한 3,000만 원 되지?"

"으악!"

놀란 덕규가 급브레이크를 밟았다.

"얼마라고요?"

"3,000만 원!"

"안톤 수상의 약점 알아내기!"

문수가 강조하자 덕규의 입에서 바로 대답이 튀어나왔다.

"저는 정책이라고 생각합니다. 안톤의 머리에 든 덴마크의 향후 정책."

흐음, 역시 돈이 좋긴 좋은 모양이다.

"역시 그렇겠지?"

"어쨌든 한 사람을 상대하는 일이라 다행입니다. 게다가 안톤 수상… 초능력자도 아니고요."

"그건 모르죠. 초능력자 각료를 데리고 있을지도."

덕규가 날름 초를 치고 나왔다.

"말을 해도……."

"쏘리!"

덕규는 얼른 상황을 수습했다. 그사이에 공항에 닿았다. 인천공항은 오늘도 대만원이었다.

"끄아, 공항경찰대는 언제 봐도 멋지구나!"

안으로 들어선 덕규가 설레발을 떨었다.

티케팅을 끝낸 문수가 입구 쪽을 돌아보았다. 그 시선이 살짝 헐거워지는 게 보였다. 재회를 기다리는 걸까? 강토는 아는 체하지 않았다.

문수는 이내 시선을 거두었다. 그런 다음 입국장을 향해 앞서 걸었다. 수속을 끝낸 후 강토는 반 검사의 전화를 받았다.

장장수 의원의 불법 거래를 전부 밝혀냈다는 소식이었다.

"수고하셨습니다."

인사를 건네고 전화를 끊었다. 비행기에 오르기 전, 마지막으로 받은 문자는 아인의 것이었다.

—사랑해요. 잘 다녀와요.

그녀의 문자에서 향기가 배어나왔다.

고오오!

비행기가 날아올랐다. 고맙게도 좌석은 1등석이었다. 이번에는 덕규도 촌티를 내지 않았다. 좌석 조종도 제법 제대로 하는 덕규였다. 서해를 건넌 비행기가 몽골 상공에 들어섰다. 대평원 위로 뻗은 가르마 같은 길이 보였다. 별이 아름답다는 몽골의 초원이다.

이르쿠츠크 상공을 지날 때다. 한잠 때리고 일어난 문수가 말했다.

"저 아래 어디에 바이칼호가 있을 겁니다."

바이칼호. 유명하다. 하지만 보일 리 없었다. 비행기는 우랄 산맥을 넘고 있었다. 레닌그라드를 지나 코펜하겐으로 가는 것이다. 잠을 자고, 기내식을 먹고, 칵테일과 와인 한잔, 거기에 영화 두 편을 때리고서야 목적지가 가깝다는 방송이 나왔다.

"……!"

방송을 들은 강토가 귀를 쫑긋 세웠다. 방송이 들렸다. 전에는 뭉뚱그려 중요한 말만 알아듣던 강토이다. 그런데 이번에는 제법 전체 문장이 들렸다.

흐음!

'역시 매직 뉴런……'

강토는 자신의 머리를 쓰다듬었다.

11시간 20분. 길고 긴 비행 끝에 비행기가 공항에 닿았다. 도노반 측에서 보낸 안내인이 나와 있었다. 강토 네는 그가 끌고 온 차량에 몸을 실었다. 덴마크와 한국의 시차는 무려 7시간. 하지만 아직은 밝은 대낮이었다.

"가는 길에 명소 한두 군데 들러도 될까요?"

안내인이 영어로 물었다.

"Of course!"

대답은 강토가 했다.

코펜하겐은 덴마크의 수도.

안데르센의 동화로 유명한 도시이다. 시간이 꽤 되었지만 해가 지지 않았다.

'백야……'

그제야 문수가 한 말이 떠올랐다.

백야가 무엇인지 실감하는 강토였다. 지구는 좁다, 그러나 지구는 넓었다.

프레드릭스보그 성에 도착했다. 정원이 끝내주는 성이었다. 마치 디자인을 한 듯한 조경과 호수가 마음에 들었다. 보기만 해도 마음이 푸근해지는 곳이었다.

아말리엔보르 궁전을 지났다. 여왕이 사는 궁이다. 절대 왕정은 사라진 지 오래지만 형식적인 왕이 존재하는 것이다. 이 궁정 역시 수려하고 아름다웠다.

안데르센이 살던 집은 빨간색이었다. 동상은 생각보다 잘생기지 않았다. 다른 무엇보다 그가 했다는 말이 마음에 닿았다.

〈내가 살아온 인생사가 바로 내 작품에 대한 최상의 주석이 될 것이다.〉

불혹(不惑)!

문득 그 말이 떠올랐다. 자기 얼굴에 책임을 지는 나이. 안데르센의 말도 그와 비슷한 의미가 아닐까?

숙소를 안내 받은 강토 일행은 잠이 들었다.

따르릉!

곤한 잠은 전화기가 깨웠다. 문수가 청한 콜이었다. 강토와 문수가 일어났다. 태평스럽게 자는 건 한 사람뿐이었다. 굳이 이름을 말할 필요도 없었다.

약속 장소로 나갔다.

전처럼 시차로 인한 피로는 없었다. 강토가 실력 발휘를 한 것이다. 멜라토닌 분비 촉진이 그것이다. 수면 호르몬으로도 불리는 멜라토닌은 햇빛에 노출되고 15시간이 지나야 분비된다. 이 호르몬을 조절해 주면 시차에 문제가 없다는 걸 알았다. 일반인을 위한 멜라토닌 제재도 팔고 있다. 하지만 강토에게는 약이 필요 없었다.

"여독은 좀 풀리셨나요?"

도노반의 비서가 강토를 맞았다. 한국어였다.

"덕분에요."

강토가 대답했다.

1등석에 특급 호텔, 특급 식사. 시차 때문에 해롱거리긴 했지만 그건 그들의 탓이 아니었다.

"이쪽입니다!"

고풍스러운 레스토랑에 들어서자 비서가 특석을 가리켰다. 햇빛이 잘 드는 곳에 도노반이 보였다.

"오느라 고생 많았소."

도노반이 악수를 청해왔다. 강토가 자리에 앉았다. 문수와 비서는 각각 자기들의 보스 옆에 자리를 잡았다.

"뭐 드시려오?"

도노반이 물었다.

"덴마크는 초행입니다. 회장님이 잘 아시면 추천해 주시면 고맙겠습니다."

강토가 영어로 대답했다.

테이블을 장식한 건 멋을 낸 샌드위치였다. 강토의 눈에는 그렇게 보였다.

"이 나라 대표로 꼽히는 스뫼르뢰브뢰라오. 통호밀을 발효시켜 만든 빵 위에 감자와 치즈, 계란 등을 더해 먹는 샌드위치지요."

포크를 집은 회장이 설명을 이어놓았다.

"보기에 좋군요."

"한번 드셔보시오. 덴마크 빵은 좀 독특하다오. 음식이라는 게 그 나라 사람들 특성을 반영하기도 하니까 덴마크 공부에 도움이 될 수도 있다오."

"예."

빵을 들었다. 무거웠다. 게다가 입자가 딱딱하고 거칠었다. 덕분에 오래 씹어야 했다. 도노반은 강토를 가만히 주시하고 있었다.

뭘 느꼈나?

대답을 원하는 눈빛이다.

제2장
덴마크 & 시리아 원정

스뫼르뢰브뢰!

투박해 보이면서도 여러 재료가 잘 어울린 요리.

재료 색의 조화도 좋아 보였다. 요리를 바라본 강토가 가만히 말을 이었다.

"국민성은 소박하고 투박하되 서로 이해하며 정이 돈독해질 것 같군요."

"오, 역시……."

도노반이 박수를 쳐주었다. 흡족한 대답이 나온 모양이다.

"한국에서의 활약상은 잘 듣고 있다오."

"예."

"한국 국회의 운명이 이 대표 마음에 달렸더구려."

"국회의 운명은 국회의원들이 결정할 문제입니다."

문수가 통역하려 하자 강토가 나섰다. 문수처럼 유려하지는 않지만 의사를 전달하는 데는 문제가 없었다. 게다가 영어 강사가 한 말도 있었다.

―웬만하면 스스로 영어를 쓰려고 노력할 것!

강토는 그 말에 따르고 있는 것이다.

"대풍 쏠라와의 인수 건은 잘 진행되고 있다오. 세부 조율에서 몇 가지 이견이 있긴 했지만……."

"예."

"비행기에서의 일은 다시 한 번 감사를 전하오."

"이후 건강하시니 다행스러울 뿐입니다."

강토는 조용한 미소로 답례를 보냈다.

"안톤 수상과의 약속은 내일 런치 타임이라오."

'내일……'

"바로 이 자리……."

"……"

"이 대표가 앉을 자리입니다."

"예."

"저기 2층 자리 보이죠? 우리는 저 자리에 앉게 될 겁니다. 이 대표에게 문제가 될까요?"

"문제없습니다."

강토가 대답했다. 2층 난간 좌석과의 거리는 불과 10여 미터. 크게 문제될 거리가 아니었다.

"듣기 좋은 말이군요."

"……."

"수상에게 궁금한 건……."

감자를 찍어 든 도노반, 그걸 입에 넣고 다 먹은 다음에야 말꼬리를 붙여놓았다.

"덴시트 여부라오."

"……?"

강토의 눈이 휘둥그레졌다. 덴시트? 그렇다면 덴마크의 유로 탈퇴가 아닌가?

"브랙시트는 알고 계시겠죠?"

모를 리 없다. 마치 유럽이 당장 붕괴라도 되는 듯 호들갑을 떨던 언론들.

"물론입니다."

"혼란이 아물고 있지만 유럽연합은 태생이 복잡한 관계입니다. 내 정보에 의하면 안톤 수상도 여러 문제로 덴시트라는 카드를 만지고 있는 것으로 압니다만……."

"……."

"실은 영국의 브랙시트 때 우리는 재미를 좀 보았다오. 여론 조사는 영국이 EU에 남을 거라고 했지만 우리 조사에서는 탈퇴 쪽 결과가 나오는 것으로 되었으니까."

"……."

"이후 EU 회원국들이 침묵하고 있지만 제2, 제3의 브랙시트는 언제든 터질 가능성이 있지요. 정치가들이란 금융자본가 못지않게 믿을 수 없는 족속들. 우리가 볼 때 그다음 국가 1순위가 바로 이 나라라오."

"……."

"나는 금융에서 생산까지 망라하는 기업가라오. 기업가는 이윤을 추구하는 사람이지. 브랙시트를 겪고 보니 이제는 선제적 대응이 필요하다는 걸 알게 되었소. 이미 한 번의 학습효과를 거친 후이니 영국의 경우처럼 완만하게 대응해서는 남는 게 없을 판이라오."

"예."

"부탁하오. 안톤의 카드가 무엇인지……."

"……."

"만약 안톤 수상 머리에 텐시트가 들었다면 이 대표도 내게 투자하시오. 판돈은 내가 줄 의뢰비로 대신해도 좋습니다. 당신에게는 그런 보너스라도 안겨주고 싶다오."

"말씀은 고맙습니다만……."

강토는 눈빛을 단정히 하고 말을 이었다.

"저는 그저 컨설팅에만 전념하겠습니다."

"한눈팔지 않겠다?"

"예."

"그럼 이 대표가 갖고 싶은 게 뭐요? 차든 비행기든 요트든 있으면 말해보시오. 내 이번 프로젝트가 성공하게 된다면 이 나라의 고성(古城)을 사달라고 해도 수용하겠소."

"다른 건 없습니다만 섬은 가지고 싶습니다."

"섬?"

"몰디브나 지중해의 조용한 섬 말입니다."

"몰디브라? 그보다는 사르데냐 섬이 낫지 않겠소?"

'사르데냐?'

"이탈리아 서쪽의 지중해에 자리한 섬인데 지중해에서도 가장 아름다운 휴양지죠. 그야말로 시간이 멈춘 섬이라고나 할까?"

"……."

"그 섬에도 내 별장이 하나 있는데 원한다면 그걸 드릴 수도 있소. 당신이라면."

"말씀은 고맙습니다만, 그보다 시리아 건에 대해 여쭤 봐도 되겠습니까?"

"시리아?"

"예."

"실은 그것도 이 건의 연장선상이라오."

"덴마크와 시리아가 연관이 있단 말씀인가요?"

"원래 지구상에서 연관이 없는 건 없습니다. 적도 나비의 날갯짓이 태평양에 태풍을 일으킨다지 않소?"

"……"

"그럼 내일 봅시다. 오늘처럼 즐거운 마음으로."

도노반이 마무리를 알렸다.

덴시트!

강토네가 생각한 것보다 파장이 큰 오더였다. 그러나 그 또한 한 국가의 정책이라면 정책. 투자자나 기업가의 입장에서는 궁금하고 또 궁금할 수밖에 없는 일이었다.

브랙시트.

일단은 잘 봉합이 되었지만 투표를 전후해 세계 시장에 불어 닥친 폭풍은 패닉 자체였다. 이날 주식시장에서도 망한 사람이 많았다. 지레 졸아서 투매를 한 투자자들은 오래지 않아 다시 회복된 시장에 땅을 치고 울었다. 모든 게 브랙시트가 몰고 온 후폭풍이었다.

"덴마크는 원래 체코, 핀란드 등과 더불어 추가 탈퇴 가능성이 높은 나라로 꼽히는 곳입니다. 영국 못지않게 이민자 문제가 대두되고 있거든요. 기타 프랑스와 네덜란드도 국민투표가 거론되는 곳이죠."

숙소로 돌아온 문수가 견해를 내놓았다.

"으아, 이러다 EU 망하는 거 아니야?"

덕규는 몸서리를 쳤다.

"EU도 결국 구성원들이 자국의 이익을 위해 뭉친 거니까 자국에게 도움이 안 된다고 생각하면 그럴 수도 있지. 게다가 도노반 회장 같은 사람은 브렉시트로 재미를 봤으니 더 빠르게 움직이는 거고."

"그런데 시리아는 또 뭐야? 왜 관계가 있다는 거야?"

강토가 물었다.

"제가 비행기에서 자료를 좀 봤는데 그게 문제가 좀 복잡하더군요."

"어떻게?"

"시리아라면 현재 난민 때문에 유럽 전체가 골치를 앓고 있지 않습니까? 사실 영국의 브렉시트에도 그게 강력한 영향을 주었을 겁니다."

"난민 배정?"

"그렇죠. 경기는 어려운데 남의 나라 사람들이 들어오니 그 부담까지 지기 싫다는 거죠."

"으음, 시리아가 그렇게 연결되는군."

"그렇게 보면 결국 러시아와 중국에 이어 미국까지 가야 합니다."

"러시아도?"

"시리아 내전의 배경에는 러시아의 지원이 한몫을 하고 있거든요. 덕분에 내전이 오랜 양상으로 변했지요."

"미국을 견제하기 위해서인가?"

"전문가들 얘기를 종합해 보니 몇 가지 줄기가 있던데, 하나는 유럽과 러시아가 에너지 문제로 각을 세운 게 있고, 또 하나는 러시아의 NATO 견제 포석으로 보고 있더군요."

"나토?"

"시리아 내전이 장기전으로 들어가면서 시리아 난민들이 유럽으로 몰려가고 있지 않습니까? 그로 인해 유럽연합의 결속력에 금이 가고 난민들은 그들 경제에 큰 부담으로 작용하니 꿩 먹고 알 먹는 셈이죠. 러시아로서는 그만한 카드가 없습니다. 당장 영국이 탈퇴 투표를 하지 않았습니까?"

"반사이익을 톡톡히 누리고 있다?"

"영국은 유럽에서 미국의 주장을 대변하는 확실한 우방국이지요. 그런 영국이 나토에서 빠지면 나토 안에서 미국의 입김이 줄어들게 됩니다. 러시아 입장에서 보면 유럽과 미국을 동시에 견제하는 최상의 수가 될 수도 있는 것이죠."

"그럼 영국의 행동도 이해가 안 되는군. 그 정도라면 미국이 사전에 나서서 브렉시트를 막았어야 하는 것 아닌가?"

"그게 사실 미국과 영국이 전통적인 우방이라지만 최근에는 미묘한 반목이 있는 것 같기도 합니다."

"……?"

"우선 중국 일이 있더군요. 미국과 중국은 지금 세계 양강으로 세력을 넓히고 있는데 최근에 영국은 중국의 잇단 러브콜을 받아들였습니다. 중국이 아시안 인프라투자은행 설립을 추진할 때도 미국은 반대했지만 영국이 서방국가 중에서 가장 먼저 가입했지요. 나아가 세계무역기구가 중국에 시장경제 지위를 부여하는 일에서도 영국은 중국 편을 들어줬습니다. 그렇게 미루어보면 우리가 모르게 영국과 미국의 밀월관계에 금이 갔을 수도 있다는 분석이 나올 수 있습니다."

"복잡하군."

"강대국들의 셈법 아닙니까? 그들은 오직 자기의 이익만을 추구할 뿐입니다. 자본가나 투기자에 못지않지요."

"그럼 도노반이 겨눈 창도 결국은 시리아가 아니고 러시아?"

"그럴 가능성도 배제할 수 없습니다."

"갑자기 심장이 쫄깃해지는데?"

"저도 그렇습니다. 어쩌면 대표님이 세계 정세의 한 축을 좌지우지하게 될 것도 같습니다."

세계 정세의 한 축!

어느 정도 이해가 되었다.

"그 와중에 도노반은 한몫 챙긴다?"

"기업이나 국가나 이익을 추구하는 건 똑같죠."

"으음……."

"대표님!"

문수의 목소리가 돌연 진지하게 변했다.

"왜?"

"기왕 이렇게 되는 거라면 우리도 적극 참여하죠."

"적극 참여? 있는 돈 다 털어서 도노반에게 투자하자고?"

"그럴 리가요? 투자를 도노반만 하는 건 아니지 않습니까? 한국에도 투자회사나 전문가는 널리고 널렸습니다."

"한국이라……."

"허락하시면 삼촌에게 연락해서 주파수가 맞는 자금을 수배해 놓으라고 하겠습니다. 이것도 일종의 투자이니 도노반과 함께 움직이면 우리나라에도 기회가 될 수 있습니다."

"이 팀장님이라면 믿을 수 있지."

"연락할까요?"

"좋아, 우리라고 들러리만 설 필요 있나?"

"고맙습니다. 바로 연락하겠습니다."

문수는 그 자리에서 전화기를 꺼내 들었다. 강토는 후끈 달아오르고 있었다. 천문학적인 자금을 주무르는 도노반. 그가 버는 돈은 미국으로 흘러들어 간다. 그 젖줄 일부를 한국으로 돌린다고 해서 죄가 될 일은 없었다.

'까짓것…….'

해보지, 뭐.

스뫼르뢰브뢰!

다시 그걸 주문했다. 다시 그 레스토랑이었다. 강토는 도노반이 오기 30분 전에 자리를 잡았다. 덴마크 여자와 둘이다. 여자는 도노반 쪽에서 보내주었다.

실내는 크게 다르지 않았다. 입구 쪽에 경호원들이 보이지만 자연스러운 풍경이다.

"한국 아이돌 좋아해요."

여자가 말했다. 빵을 커피에 찍은 그녀는 강토를 한국의 바이어쯤으로 알고 있었다. 도노반에게 받은 명령도 그것이었다.

—잠시 말동무 되어주기.

그녀는 핸드폰 화면을 열어 보였다. 한국 남자 아이돌이 가득 들어 있었다. 예외적으로 여자도 많았다. 그녀는 걸그룹에 대한 애정도 감추지 않았다. 알고 보니 덴마크는 동성 간의 결혼이 합법적인 나라였다. 그렇다면 그럴 수도 있는 일이었다.

약간의 호기심이 일었지만 뇌를 열어보지 않았다. 위기의 순간을 보낸 이후 강토는 매직 뉴런을 아꼈다. 아껴도 쓸 곳이 늘어나는 판이니 더욱더 아껴야만 했다.

우물우물.

호밀빵을 씹을 때 문자가 들어왔다. 문수였다

—안톤이 도착했습니다.

—도노반도 도착입니다.

문자를 채 확인도 하기 전에 도노반과 안톤이 들어섰다. 둘은 경호원들을 따라 2층으로 올라갔다. 2층은 텅 비어 있었다. 오직 그들만을 위한 예약이었다.

도노반이 지정한 테이블에 둘이 앉았다. 강토와는 사선이다. 빵을 우물거리며 바로 매직 뉴런을 안겨주었다. 돌발 사태라도 생기면 낭패. 기회는 왔을 때 누리는 것이 최상이었다.

'온스큘 마이!'

실례합니다의 덴마크 말. 수상이니 예의는 갖춰주는 게 옳았다.

〈덴시트〉

도노반이 원하는 걸 찾았다. 여러 개가 딸려 나왔다. 가깝게는 영국의 브렉시트 투표 결과가 나온 날이었다. 안톤은 영국의 결과에 호의적이었다. 연결 기억을 열었다. 측근들과의 밀담에서도 그는 자주 덴시트를 주장했다. EU의 울타리는 포근하지만 대신 잃는 것도 많다는 생각이었다.

그의 후견인들도 그랬다.

―옛날 덴마크가 좋았어.

―지금은 누가 이 나라의 주인인지…….

그건 수상의 정서와 통했다. 겉으로는 표현하지 않지만 수상은 적절한 기회를 노리고 있었다. 역설적으로 영국의 탈퇴 결정이 그의 결단에 기름을 부었다. 앞서간 영국의 타격은 생각보다 심각하지 않았다. 그들은 이제 거액의 분담금을 내지 않아도 되었다. 당장은 여론이 들끓지만 시간이 지나면 잊힐 일이었다.

현재 덴마크의 분담금 또한 만만치 않았다. 절대 금액에서는 1등이 아니지만 국민 1인당 기준으로는 1위를 달리는 상황이었다.

'우리가 봉이냐?'

그런 생각이 들 만도 했다.

더구나 그는 지도력을 의심받고 있는 상황. EU 탈퇴냐 잔류냐를 국민투표에 붙이는 것 자체만으로도 한숨 돌릴 수 있는 일이었다. 나아가 골칫덩어리인 난민 배정에서도 목소리를 높일 수 있는 카드였다.

―여차하면 우리도 탈퇴하겠다.

강력한 배수의 진이 되는 것이다.

〈국민투표 천명!〉

그가 결정한 결단이다.

발표 일은 나흘 후.

모레 열릴 유럽 각료회의에서 덴마크의 지위를 제대로 보장받지 못하면 이어지는 국내 정기 기자회견에서 핵폭탄 카운트다운을 선언할 참. 이미 후견자들과 측근 비서진의 밀담에서도 밝힌 특급 기밀이다.

'스뫼르뢰브뢰……'

강토는 까칠한 호밀빵을 마저 입으로 가져갔다. 아주 꼭꼭 눌러 씹었다. 그러자 고소한 맛이 입안 가득 퍼지기 시작했다. 어쩐지 뒷맛이 좋을 것 같은 예감. 맛난 식사는 언제나 즐거웠다.

*   *   *

강토는 다리 위에 있었다. 서클 브릿지라는 독특한 다리였다. 보통의 다리는 긴 직선인데 이 다리는 원으로 만들어졌다. 바닥은 금빛을 닮은 갈색, 원형 선은 머리 위까지 쭉 이어졌다. 보는 사람을 풍성하게 만드는 명물이 아닐 수 없었다.

그 다리로 도노반이 다가왔다. 여전히 비서와 둘이었다.

"풍광이 어떻소?"

그가 물었다. 강토는 이번에는 문수의 도움 없이 대답했다.

"멋지네요."

"한국에도 이런 다리가 있소?"

"동그란 다리는 없는 것 같습니다."

"하긴, 대신 이 대표 같은 명물이 있으니까."

도노반이 웃었다.

"어떻던가요?"

본론이 날아왔다. 강을 바라보는 도노반의 머릿결을 바람이 희롱하고 있다. 주름진 그의 얼굴이 왠지 평화로워 보였다.

"모레 열릴 유럽 각료회의에서 덴마크의 지위가 향상되지 않으면……."

강토도 강을 바라보며 말꼬리를 이었다.

"그로부터 이틀 후의 정례 기자회견 때 덴시트 투표를 제시할 생각입니다."

"그럼 나흘 후?"

"예."

"확실하오?"

"물론입니다."

"이 대표."

"예."

"한국 국내 일정이 어떻소?"

"국회 일정만 아니면 미룰 수 있는 일들입니다."

"그렇다면 나흘 후에 시리아로 갑시다. 당신의 독심을 믿으리다."

"회장님!"

"엿새 후에 거기서도 중대한 회담이 열립니다. 쥐도 새도 모르는……."

"……."

"거기서 한 번만 더 독심을 해주시면 됩니다."

'엿새 후?'

"의뢰비는 이번 금액의 세 배를 드리겠소."

세 배!

그렇다면 300만 불 계약금에 3,000만 불.

강토의 머리에 번갯불이 지나갔다. 짜릿했다.

"그렇게 하지요."

"거기까지 이 대표의 독심이 적중하면 보너스를 드리겠소. 어디 섬을 원한다고 했죠?"

"지중해나 몰디브?"

"몰디브를 드리죠. 거기도 내가 머리 식히러 다니는 개인 섬이 하나 있소이다. 시설도 좋고 작은 요트까지 딸려 있으니 그럭저럭 만족할 거요."

"회장님……."

"비서!"

도노반이 비서를 불렀다. 그는 즉석에서 서류를 꺼내 금액을 기입한 후 강토에게 내밀었다. 문수의 내용 검토가 끝나자 강토가 사인을 했다. 자그마치 3,000만 불, 거기에 몰디브의 섬까지 옵션으로 딸린 초대형 계약이다.

"좋군요. 코펜하겐의 강바람… 어쩐지 강물이 골드 칼라로 보이지 않습니까?"

"그런 것도 같군요."

"나흘 후에 공항에서 뵙시다."

도노반은 마치 여행객처럼 강토를 스쳐 갔다. 비서도 그랬다. 짧은 시간이지만 할 말은 다 한 도노반이다.

"대표님!"

문수가 다가왔다.

"꿈은 아니지?"

"물론이죠."

"별로 믿기지 않는군. 너무 전격적이라서 그런가?"

"3,000만 불… 어마어마하죠. 하지만 대표님의 독심이 맞는다면 그건 껌 값일 수도 있을 것 같습니다."

"껌 값?"

"도노반이 어디에 투자할지는 모르지만 주식만 해도 그렇습니다. 거친 요동이 칠 때 싹쓸이로 담았다가… 맙소사!"

생각을 풀어놓던 문수가 소스라쳤다.

"왜?"

"만약 말입니다. 만약 도노반이 어떤 형태로든 시리아 내전을 종식시킨다면… 덴마크의 투표는 잔류 쪽으로 갈 확률이 100%입니다."

"그렇지."

"게다가 전 유럽이 활기를 찾겠지요. 지옥에서 천국으로. 그러니까 이건 영국의 브렉시트하고는 차원이 다릅니다. 도노반이 엄청난 부를 긁어 들이는 거라고요."

"도노반만은 아니지."

강토가 빙긋 웃었다.

"그, 그러네요."

"덕규 불러. 나흘 동안 한국에 다녀올 수는 없으니 이제 느긋하게 즐겨야지?"

"그러시죠. 대표님이 휴식을 취할 수 있으니 차라리 잘된 일이로군요."

문수가 주차장을 향해 돌아섰다.

'3,000만 불에 몰디브의 섬이라…….'

강토는 찰랑거리는 윤슬을 바라보았다. 물결이 금빛으로 보인다. 그 금빛을 따라 시리아의 사막이 펼쳐졌다. 금빛의 서클 브릿지와 금빛의 모래, 최고의 궁합이었다.

나흘 후, 강토는 코펜하겐에서 비행기에 올랐다. 도노반의 자가용 비행기다. 안톤의 회견이 끝난 지 2시간 후였다.

"저는 수상으로서 중대한 결단을 내리게 되었습니다. 우리 덴마크의 미래를 위해 덴시트 국민투표를 제의합니다!"

이틀 전, 유럽 각료회의. 덴마크는 원하는 것을 얻지 못했다. 아니, 오히려 영국의 부담액 일부까지 넘겨받을 판이었다. 난민 배정도 늘었다. 안톤은 결국 배수진을 택했다.

덴시트!

이번에는 덴마크!

당장 세계 경제가 요동을 쳤다. 영국에 이은 또 하나의 폭풍. 덴마크의 경제력은 영국보다 작았지만 폭풍은 영국보다 강하게 번져갔다. 미국 쪽에서 나온 도미노에 대한 예측 때문이었다. 월가를 중심으로 시작된 유럽연합 붕괴설은 그럴듯하게 퍼져 나갔다.

영국에 이은 덴마크.

그게 강조되었다. 여기에 한두 나라만 더 편승하면 유럽연합 자체가 흔들릴 일. 물론 그 소스의 원천은 도노반 쪽이었다. 그가 작심하고 유력 언론인과 경제전문가를 동원해 루머를 조장한 것이다.

일이 이렇게 되자 덴마크 이후에 유럽연합 탈퇴를 선언할 국가들이 다시 한 번 조명되었다. 하나둘이 아니었다.

덴마크의 주가는 당장 바닥을 쳤다. 미국의 다우지수도 급하락을 보였고 일본과 상하이, 홍콩지수도 목이 부러졌다.

그다음 날도 마찬가지였다. 하루 정도 폭락하다 고개를 든 영국의 경우와는 완전히 달랐다. 다다음 날도 역시 하락을 면치 못했다. 투자자들은 이제 완전한 불안에 휩싸였다.

유럽연합은 끝나는가?

그들은 미친 듯이 경우의 수를 찾기 시작했다.

그 시간 강토는 시리아의 수도 다마스쿠스에 있었다. 도노반과 함께였다. 차량은 완전한 방탄 차량. 도노반이 채용한 경호 인력만 해도 20여 명을 헤아릴 정도였다.

'시리아의 대통령이라도 만나려는 건가?'

뒷좌석에서 강토는 골몰해 있었다. 문수는 다른 차에 있었다. 덕규는 호텔에 떨어뜨렸다. 차가 모래바람을 일으키며 질주했다.

뚱뚱!

멀리서 포격 소리가 들려왔다. 한 무리의 중무장 차량도 지나갔다. 곳곳에 보이는 무장 군인들의 모습은 이곳이 내전 상황임을 실감나게 해주었다.

"오케이!"

통화를 하던 도노반이 전화를 내렸다.

"이 대표."

그가 선글라스를 내리며 입을 열었다.

"예."

"곧 목적지에 도착할 거요."

"예."

"내가 만날 사람은 러시아인이오."

"……?"

강토가 고개를 들었다. 도노반의 발음은 시리아인이 아니라 러시아인이었다.

"러시안!"

한 번 더 강조하는 도노반. 그제야 문수의 진단이 스쳐 갔다. 시리아 내전을 지원하는 러시아. 그렇다면 시리아 내전을 좌지우지하는 것도 그들의 몫일 수 있었다.

"지금 여기 러시아 대통령의 특사가 와 있다오. 모든 전권을 지닌."

"……."

"그의 머리를 읽어주면 3,000만 불이 입금될 거요. 몰디브 섬의 소유권도 함께."

도노반은 앞을 보고 있었다. 선두의 차량이 멈췄다. 뿌연

먼지가 일었지만 이내 걷혔다. 경호원들은 이미 경호 대열로 서서 삼엄한 경계망을 펼쳤다. 그리고 문이 열렸다.

눈에 들어온 건 시리아와 러시아 병사들이었다. 중무장을 한 그들은 도노반을 시작으로 철저한 검색을 실시했다. 쇠붙이는 시계도 라이터도 허용하지 않았다. 심지어는 선글라스와 만년필까지도.

삐!

가방에 탐지기가 닿자 요란한 소리가 들렸다.

"그라초브에게 드리는 선물이라오."

비서가 말했다. 러시아 측 병사들이 가방을 열었다. 그러나 이내 닫았다. 가방은 그대로 비서에게 전해졌다.

"잘 부탁하오."

검색이 끝나자 강토에게 한마디를 던진 도노반이 앞서 걸었다. 강토는 그 뒤를 따랐다. 문수와 비서 또한 뒤를 이었다.

"도브로 빠잘로바쯔!"

러시아어가 들렸다.

살벌한 밖과는 달리 호화로운 양탄자가 깔린 방, 역시 융단으로 만들어진 소파에서 육중한 러시아인이 도노반을 맞았다. 둥근 테이블이 있는 방이었다. 테이블을 따라 의자는 여덟 개. 러시아 측에서 네 개를 차지하고 있었다.

"오른쪽 두 번째의 턱수염을 기른 자가 특사입니다."

도노반 뒤에서 비서가 목표물을 알려주었다. 특사의 이름은 그라초브. 러시아 대통령의 복심으로 통한다는 그 인물이었다.

'시크릿 메즈!'

강토는 재고 말 것도 없이 바로 목표물을 겨누었다.

순간,

쾅!

폭음이 울렸다. 가슴이 철렁했지만 러시아인들은 놀라는 기색이 아니었다.

"여긴 이게 일상이라오."

특사의 입에서 영어가 나왔다. 강토는 맨 끝자리에 앉았다. 도노반과 비서, 문수와 강토의 순이었다. 도노반이 눈짓하자 비서가 가방을 테이블에 올렸다.

딸깍!

가방이 열리자 찬란한 빛이 새어 나왔다. 방금 주조한 것 같은 골드바였다.

"우정의 표시오."

도노반이 가방을 밀었다. 특사의 측근이 가방을 접수했다.

"시리아 사업권을 원하신다고?"

특사가 도노반을 바라보았다. 아련한 미소가 깃든 표정은 한없이 느긋했다. 전쟁을 조율하는 사람답게 카리스마 또한 압권이었다.

"그렇소이다."

도노반이 대답했다.

"보다시피 여긴 한자리에 오래 있으면 해롭소. 내가 사업권을 수락하면 러시아에 뭘 해줄 수 있는지 말해보시오."

배팅이 나왔다. 두 사람의 만남은 이미 예약이 된 것. 그렇다면 러시아 측에서는 도노반이 원하는 걸 알려줄 의사도 있다는 뜻이다. 그렇지 않다면 이 약속 자체가 성립되지 않았을 것이다.

그러나 특사는 모르고 있었다. 도노반이 사냥하려는 건 고작 시리아 사업권이 아니라는 걸.

"발전소를 하나 지어드리면 되겠소?"

"남는 게 자원이고 에너지인데 발전소를 뭐에 쓰겠소?"

특사가 다리를 꼬았다. 그가 원하는 패가 아니었다.

"그러시다면……."

두 손을 모은 도노반이 숙고하는 자세로 들어갔다. 도노반 역시 노련했다. 수많은 투자 테이블에서 천문학적 금액을 다뤄본 가닥이 있는 것이다.

바쁜 건 강토였다. 강토는 쉴 새 없이 그라초브의 뇌 기억을 열었다.

〈러시아 대통령〉

검색어를 받은 매직 뉴런들이 미친 듯이 폭주하며 시냅스를 뻗었다. 그 줄기에 접속하는 그라초브의 뉴런에게서 정보가 건너왔다.

"……!"

강토가 신경을 곤두세웠다.

그라초브는 전권을 이양받았다. 적절한 이익을 확보한 후에 미국에 완전 휴전을 제의하라는 대통령의 의중을 받고 온 것이다.

그 이유는 영국에 있었다. 영국이 브랙시티를 선언하면서 촉발된 유럽의 균열, 거기에 덴마크까지 덴시트를 선언하기에 이르렀다.

그렇게 되자 철수 기회를 보고 있던 러시아는 이미지 관리를 택했다. 유럽의 뇌관이 되고 있는 시리아 문제를 선점함으로써 미국의 체면을 깎아내리려는 것.

사실 러시아로서도 언제까지나 유럽과 각을 세우는 건 득이 되지 않았다. 그렇기에 시리아 내전 종식을 제의함으로써 난민 문제를 해결해 유럽에 화해의 제스처를 보내려는 의도였다.

그 시기로 지금이 적기였다.

러시아가 시리아에서 발을 빼면 나토의 러시아 견제도 다소 느슨해질 거라고 판단한 것이다. 그렇게 되면 중동과 유럽에서 미국의 영향력을 상당수 떨어뜨릴 수 있거니와 세계적으로도 러시아의 위세를 떨치는 데 유리하다는 전략이었다.

물론 그라초브가 도노반의 손을 날름 들어줄 리는 없었다. 특사라면 대통령에게 가져갈 선물이 필요하다. 그렇다면 전리

품이 있어야 했다. 시리아에서도 도노반에게서도.

'이자는 뭘 좋아하는 걸까?'

느긋하게 나오는 걸로 보아 기호를 맞추면 원하는 답이 나올 수 있었다. 강토는 그 기호를 찾아들어 갔다.

돈!

여자!

권력!

그가 다 좋아하는 것이었다. 하지만 더 좋아하는 게 있었다. 바로 다이아몬드였다. 그건 뜻밖에도 따끈따끈한 방금 전의 기억에서 알 수 있었다.

'어째서 미국 놈들은 죄다 골드란 말인가? 기왕이면 가뜬하게 다이아몬드가 좋을 것을.'

다이아몬드!

강토는 그 단어를 머리에 담았다. 다음은 역시 돈이었다. 그는 비밀계좌가 있었다. 홍콩 쪽 은행에 있는 4천만 불이다. 계좌를 만들면서 그는 생각했다.

1억 불!

1억 불을 채우리라고.

긴급 스캔을 마친 강토가 도노반에게 메모를 건넸다. 테이블 밑으로 메모를 받아 든 도노반의 입가에 미소가 스쳐 갔다.

"이걸 좀 보시겠습니까?"

도노반은 그 자리에서 다른 메모를 써서 특사에게 내밀었다.

"……!"

특사의 얼굴에 맹렬한 경련이 스쳐 갔다.

"이건 본국에 드리는 선물입니다."

이어 또 한 장의 메모를 건네는 도노반. 그것까지 열어본 특사의 입가에 미소가 피었다.

"마지막으로 이건 당신의 수고에 드릴 내 성의입니다."

메모가 한 장 더 건네졌다. 이제 특사의 입은 완전한 미소로 물들어 있었다.

"다들 자리를 비키도록!"

특사가 측근들을 물렸다. 강토와 비서, 문수도 밖으로 나왔다. 이제 안에는 특사와 도노반만 남았다. 둘의 독대였다.

"어떻게 된 겁니까?"

구석으로 자리를 옮긴 후 비서가 물었다.

"글쎄요, 회장님이 배팅을 하시려는 게지요."

강토는 빙그레 웃을 뿐이었다. 특사에게서 읽어낸 그의 기호, 그리고 러시아 측의 속내. 그걸 도노반에게 건네주기는 했다. 하지만 그것으로 끝나는 것은 아니었다. 강토는 보았다. 도노반이 건네는 메모. 그 메모가 마음에 들고 말고는 특사가 결정할 일이었다.

그렇다고 해도 도노반의 협상력은 기가 막혔다. 어쩌면 몇

천억 불이 왔다 갔다 할 수도 있는 사업. 그런데도 태연하게 자기 페이스를 지켰다. 배팅 또한 세 번에 나누었다. 그건 특사의 느긋함에 조금도 뒤지지 않는 노련함이었다.

'몰디브의 섬……'

강토는 뿌연 포성이 올라오는 먼 하늘을 보았다. 저 하늘 아래 어디에 몰디브가 있을까? 섬의 전경은 비서가 보여주었다. 한마디로 작은 파라다이스였다.

'그 섬이 내 것이 될 수 있을까?'

강토는 담담했다. 도노반처럼 조바심 따위는 내지 않았다.

*　　　*　　　*

한 시간이 지났다.

"공항에 좀 다녀오겠습니다."

도노반의 전화를 받은 비서가 일어섰다. 비서는 러시아 측 요원들의 호위까지 받으며 공항으로 달려갔다.

"도노반… 역시 굉장하군."

대기실의 강토가 웃었다.

"잘되고 있는 겁니까?"

문수가 물었다.

"공항으로 간다는 건 선물이 도착했다는 것 아니겠어? 아니, 뇌물인가?"

"대표님의 정보에서 비롯되었겠지요?"

"아마 다이아몬드일 거야."

'다이아몬드?'

"그게 맞는다면 진행은 잘되고 있는 거고."

"골드바로는 부족했던 모양이군요?"

"취향 차이지. 다 같은 명산이지만 지리산을 좋아하는 사람 있고 한라산을 예찬하는 사람도 있잖아?"

"그건 그러네요."

"이성표 팀장 쪽은 체크했어?"

"오기 전에 했습니다."

"얼마나 모았대?"

"다들 새가슴이라 4,000억 정도밖에……."

"뭐, 정 그렇다면 조금 먹고 조금 싸면 되지."

강토의 미소는 의미심장하게 보였다. 강토의 머리에는 도노반이 있었다. 그라초브와의 담판이 성공하면 다음 시크릿 메즈는 도노반에게 날아갈 차례였다.

'그의 시나리오를 읽어낸다.'

고마운 사람이지만 어차피 돈 놓고 돈 먹기인 판이다. 게다가 그에게 손해를 입히는 것도 아닌 일.

한 시간쯤 후에 비서가 돌아왔다. 그는 작은 상자를 들고 있었다. 보지 않아도 알 수 있었다. 그게 다이아몬드라는 것을.

나중에 안 일이지만 다이아몬드는 터키에서 공수해 왔다. 도노반이 터키 지사에 특명을 내린 것이다. 지사장은 터키 보석시장에서 가장 큰 다이아몬드를 사서 보내주었다.

비서가 나왔다.

30분이 흘렀다.

다시 먼 지평선 쪽에 쿵쿵 포성이 울린 후에야 도노반이 나왔다. 그라초브도 따라 나왔다. 그의 표정은 한없이 흡족해 보였다. 마침내 도노반은 러시아의 스케줄을 통보받은 모양이다.

시리아에서의 사업권은 어차피 떡밥에 불과한 일. 특사와 악수를 나눈 도노반이 세단에 올랐다.

부릉!

지면을 박차는 바퀴 소리가 경쾌하게 들렸다.

"이 대표!"

뒷좌석의 도노반이 강토를 바라보았다.

"예!"

"수고했소."

특사의 건물이 멀어지자 도노반이 입을 열었다.

"덕분에 내가 체면 좀 차리게 되었소."

"별말씀을……."

"잔금은 3일 안으로 입금될 거요. 몰디브의 섬 소유권도."

"원하는 걸 얻으신 모양이군요."

"당신 덕분이오."

"……."

"머잖아 또 다른 비즈니스로 만납시다. 아니, 이 기회에 당신 사무실을 미국으로 옮기길 권합니다."

"미국이요?"

"당신이 일하기에 한국은 좁아요. 몇만 불, 몇십만 불짜리 일을 하기엔 당신이 너무 위대하다는 거요."

"과찬이십니다."

"미국으로 온다면 내가 모든 걸 책임지겠소. 사무실부터 고객 조달까지. 군수시장과 금융, 국가 간 조약에만 관여해도 천문학적인 재산을 모을 수 있을 거요."

"……."

"토니!"

도노반이 비서를 호명했다.

"이 대표님 일행의 티켓은 조정해 두었습니다. 지금 공항으로 가면 세 시간 후에 터키 이스탄불을 경유해 한국으로 갈 수 있도록 조치했습니다."

비서가 돌아보았다. 그들은 매사에 주저가 없었다.

"일행 중 한 분도 지금 공항으로 오고 있을 겁니다. 염려 않으셔도 됩니다."

비서가 강토를 보며 웃었다. 덕규를 말하는 것이다. 그사이에 공항이 눈앞에 들어왔다.

"또 봅시다, 이 대표!"

도노반이 손을 내밀었다. 강토는 그 손을 잡았다. 여느 사업가와 배팅의 차원이 다른 도노반. 강토는 그 손을 뜨겁게 쥐었다가 놓았다. 비서와도 악수를 나눴다. 볼일을 마친 그들은 미련 없이 돌아섰다. 이제 그들은 시간이 돈이었다.

"세계 주식 동향 어때?"

"개관 오 분 전입니다. 며칠 내내 내리막 아닙니까?"

"이성표 팀장님 연결해!"

강토의 표정이 변했다. 비장했다. 어쩌면 강토의 사냥도 이제부터가 시작이었다.

"나왔습니다."

문수가 전화를 넘겼다.

"이 팀장님, 저 이강토입니다!"

강토는 도노반의 머리에 든 투자 계획표를 알려주었다. 그와 보조를 맞추는 것이다. 표시 날 것도 없었다. 세계 금융시장에 던지는 이성표의 4,000억. 그건 정말이지, 우주의 먼지에 불과할 금액이니 누구도 주목하지 않을 일이었다.

"덕규 찾아봐."

통화를 끝낸 강토가 문수에게 또 다른 지시를 내렸다. 그건 아버지 때문이다. 줘도 못 먹는 한국의 투자자들. 그러니 이번 기회에 아버지에게도 기회를 주고 싶었다.

―이 대표?

아버지 목소리가 나왔다.

"잘 계시죠? 지금부터 제 말 잘 들으세요."

강토는 아버지에게도 도노반의 계획을 알려주었다.

"있는 돈 다 털어서 넣으세요. 없으면 은행에 가서 급전이라도 당겨서 넣으세요."

몇 번을 강조하고 통화를 마쳤다.

'후우!'

통화를 마치자 쌓인 피로감이 몰려들었다. 벽에 기대 아버지를 생각했다. 아버지는 허황된 꿈을 꾸지 않는다. 최근 들어 투자의 중요성을 알았다지만 그건 기술 개발을 두고 하는 말. 그러니 그 천성이 어디 갈까?

'한 5억이나 넣으시려나?'

강토는 아버지의 배포를 짐작해 보았다. 두 배를 당기면 10억이다. 그럼 5억이 남는다. 그 돈이면 캄보디아에 학교 20여 채를 지을 수 있었다.

'나쁘지 않군.'

하늘을 보았다. 도노반의 비행기는 벌써 이륙하고 있었다. 시리아발 폭풍이 이륙한 것이다. 러시아는 곧 중대 발표를 할 것이다. 시리아의 내전 종식을 위해 미국과 함께 평화 협상에 나설 거라는 발표.

"방 실장!"

"예?"

"세계 금융시장 체크 좀 해봐."

보안 검색대를 나오며 강토가 말했다. 출국 수속이 끝났으니 전화를 쓸 수 있었다.

"와우!"

화면을 보던 문수가 비명을 질렀다.

"벌써 시작됐어?"

"그런 거 같습니다. 달러화와 덴마크 크로네 환율이 입질을 받은 포지션입니다. 대표님이 찍은 뉴욕 주식시장 종목들도 하락권에서 입질이 들어갔고요."

"의미 있는 수준인가?"

"그런 것 같습니다."

"빠르군."

대답을 들은 강토가 웃었다. 과연 도노반이었다.

다음 날, 인천공항에 내린 문수는 입국 수속보다 노트북이 먼저였다. 와이파이를 잡은 문수의 손이 자판 위를 날아다녔다.

"대표님!"

검색을 끝낸 문수가 강토를 바라보았다.

"어때?"

"대박입니다. 대표님이 찍은 주식 중에서 여섯 종목이 상한가입니다."

"나머지는?"

"나머지도 15% 이상 급등이고요."

"다른 투자는?"

"그쪽도 반등에 성공했습니다. 도노반이 제대로 작업 중인 것 같습니다."

"와우!"

듣고 있던 덕규가 환호했다.

"쉿!"

강토의 손이 입술로 옮겨갔다. 아직 끝나지 않은 판. 여전히 포커페이스가 필요했다.

"세계 정세는 어때?"

"러시아가 시리아 내전 종식을 제의하자 미국에서도 화답을 했습니다. 물지 않을 수 없는 일이죠."

"덴마크 소식도 있나?"

"당연히 체크했죠. 여론 조사 결과 덴시트 무용론이 득세하고 있고 안톤 수상 역시 국민의 뜻에 따라 덴시트를 재고할 수 있다는 성명을 내놓았습니다."

"시너지로군."

"세계 금융가가 바짝 달아오른 모양입니다. 미국 증시도 폭등세를 보이고 있습니다."

"좋았어!"

"으아, 이럴 줄 알았으면 나도 주식 좀 사두는 건데."

덕규가 아쉬운 입맛을 다셨다.

"걱정 마라. 방 실장이 질러놨을 테니."

강토가 문수를 돌아보았다.

"예? 아셨습니까?"

"이신전심. 그 머리로 그냥 있었겠어? 내 입으로 먼저 말하면 지시하는 것 같아서 말 안 했어."

"그럼 대표님은요?"

"나?"

"대표님 통장도 질렀습니까?"

"억?"

문수의 말에 강토가 소스라쳤다.

"안 지르셨군요?"

"그러네? 남들 챙기느라 바빠서……."

"어휴, 등잔 밑이 어둡다더니… 있는 거 다 지르셨어야죠."

"됐어. 대신 이성표 팀장님이 대표로 나섰잖아?"

"아, 아쉽네. 컨설팅 의뢰비 계좌에 있는 돈은 몇억 되지 않는데……."

"몇억이면… 두 배로 불면?"

덕규가 거품을 물며 물었다.

"그만하고 가방이나 좀 찾아와."

찰싹!

문수는 덕규의 등짝을 후려쳤다.

초대박!

그 기세를 업고 나오는 강토 일행의 표정이 밝았다. 하지만 거기서 고춧가루가 끼었다. 세관원이 덕규를 세운 것이다.

"가방 까세요!"

세관원이 말했다.

"예? 왜요? 여기 옷하고 기념품밖에 없는데……."

"죄송합니다. 협조해 주세요."

세관원의 표정은 변하지 않았다. 결국 가방을 까게 되었다. 별 이상은 없었다. 나중에 안 일이지만 노트북 때문이었다. 젊은 남자들이 구석에 남아 밀담을 나누는 걸 본 암행 세관원들이 체크 대상자로 통보한 것. 공항의 체크 방식이었다. 곳곳에 포진한 암행 세관원들. 같이 내린 승객인 양 동선을 같이하면서 수상해 보이는 사람이 있으면 입국 세관원에게 통보하는 것이다.

"됐습니다. 가지고 가세요!"

중간에 덕규의 속옷들이 나오자 세관원이 코를 막으며 말했다.

속옷 냄새는 지렸다. 강토와 문수도 코를 막을 정도였다. 다들 여분의 속옷을 가져간 데 비해 덕규는 딱 한 벌뿐이었다. 그걸 내내 입다가 시리아로 갈 때 갈아입고 처박아둔 것이다.

"짜식, 유난을 떨고 지랄이야? 남자라면 한 달 정도는 입을 수도 있지."

의기양양한 건 오히려 덕규였다. 그 넉살에 강토와 문수도 웃지 않을 수 없었다. 여유였다. 수천만 불의 의뢰 성공에 더해 천문학적인 돈맥을 터놓고 들어온 강토. 웃지 않을 이유가 없었다.

"……!"

공항을 나오던 문수는 문자를 확인하더니 걸음을 멈췄다. 강토와 덕규가 문수를 돌아보았다.

"잠시만요."

문수가 몇 걸음 떨어져 전화를 걸었다. 감이 왔다.

"누구 같으냐?"

강토가 덕규를 바라보았다.

"재희 씨?"

"그럼 어떻게 해야 하지?"

"비켜줘야죠."

덕규가 웃었다.

"알았으면 빨리 가서 시동 걸어. 우리끼리 튀자."

강토가 덕규의 등을 밀었다.

도로를 폭주할 때 전화가 들어왔다. 문수였다. 받지 않았다. 대신 덕규를 시켜 문자 하나를 날려주었다.

—대표님 피곤해서 먼저 가니까 알아서 귀가하세요!

직원 챙기는 일도 쉬운 일이 아니었다. 강토는 가만히 눈을 감았다. 한잠 또 청해볼 생각이다.

만사를 제쳐놓고 잠을 잤다. 어찌나 곤했던지 덕규가 탱크 몰아치는 소리도 듣지 못했다. 강토가 잠에서 깼을 때는 이튿날 새벽이었다. 개운했다.

전화부터 확인했다. 문자가 여러 개 들어와 있었다. 반석기도 있고 장철환도 있었다. 아버지도 있고 아인도 있었다. 강토를 생각해 딱 하나의 문자만 보낸 그녀였다.

—푹 자고 일어나세요!

짧은 문장이지만 애정이 묻어나왔다.

'일어났을까?'

시계는 이제 막 새벽 5시를 지난 시간, 잠을 방해할까 주저했지만 강토는 답문을 보내고 말았다.

—덕분에 굿모닝입니다!

전화기를 놓으려는데 바로 답문이 답지했다.

—사랑해요!

—나도 사랑해요. 내가 잠 깨운 거 아니죠?

—아뇨. 요즘 국제 정세가 조변석개라서 일어나 있었어요.

—그럼 공부해요.

—그래요. 출근하다 들를게요.

문자는 그렇게 마무리되었다. 강토는 핸드폰 화면에 키스를 날리고 대화를 끊었다.

노트북을 켰다. 뉴스가 많았다. 밤사이에도 다우지수는 상
향이었다. 빳빳이 고개를 든 지표가 마음에 들었다. 미국과
러시아의 시리아 회담도 급물살을 타는 분위기였다.

'3일······.'

도노반이 세팅한 날이다. 4일 차가 시작되면 초반에 바짝
올린 후에 그물을 거둘 것이다. 강토가 노리는 건 그 초반의
초반이었다. 그물을 거두기 전에 뿌린 떡밥. 거기까지만 먹고
나오라고 전달한 것.

이성표는 걱정하지 않았다. 그는 강토보다 철저한 헌터 기
질의 프로페셔널. 몇 푼 더 먹겠다고 미련을 둘 사람이 아니
었다.

걱정이라면 아버지 쪽이 옳았다. 어쩌면 아버지는 어제 파
장에 매물을 정리했을지도 모른다. 그걸 생각하니 피식 웃음
이 나왔다. 그게 아버지의 삶이다. 그래서 강토는 아버지를 존
경한다.

—저 로비에 도착했어요!

아인에게 문자가 들어왔다. 아침은 그녀와 함께 먹었다. 소
박하게 김밥과 어묵 국물이었다.

"강토 씨!"

김밥을 집던 아인이 고개를 들었다.

"네?"

"뭐 하나 물어봐도 돼요?"

"얼마든지……."

"이번에 덴마크 간다고 했잖아요?"

"네."

"혹시 안톤 수상의 덴시트 선언 말이에요. 그거 강토 씨랑 연관이 있나요?"

"……."

"있군요?"

"뭐 있기도, 없기도……."

"어휴!"

강토의 대답을 들은 아인이 표정을 구겼다.

"왜요?"

"너무 잘나가는 거 아니에요? 난 그 정도 남자는 관리할 자신이 없는데……."

"그럼 내가 아인 씨 관리하면 되잖아요."

"피이, 나는 독심도 못하면서 뭘 관리해요?"

"사랑하면 그런 거 필요 없어요."

강토가 웃었다.

"진짜죠?"

"그럼요. 우리 아버지 말씀이 남자는 여자한테 져주면서 살아야 행복하다고 했거든요."

"역시… 내가 그래서 강토 씨 아버지 좋아한다니까요."

아인이 귀엽게 웃었다.

"그만 일어나요. 보도본부 호출이라면서……."

"그러는 강토 씨는요? 일 많은 사람이 남의 말할 때가 아니잖아요?"

지갑의 카드를 꺼내며 아인이 웃었다.

그녀를 보내고 사무실로 출근했다. 먼저 출근한 문수가 다가왔다.

"대표님, 삼촌… 아니, 이 팀장님이십니다."

문수가 자기 전화기를 내밀었다.

"여보세요!"

수화기를 귀에 대기가 무섭게 이성표의 목소리가 울려 나왔다.

"이 대표, 대박이야! 초대박! 며칠 사이에 두 배 반을 벌었다고! 자그마치 146% 먹었어!"

"그래요?"

"이익금은 반땅 치기로 했으니 우리 몫이 물경 3,000억이라고! 세금 까도 트럭에도 못 다 실을 거액이야! 우린 이제 재벌이라고!"

이성표는 차라리 울부짖고 있었다. 물주와 반땅으로 자본을 모은 이성표. 그 반땅의 반은 강토에게 주기로 했다지만 이성표의 몫만 1,000억이 넘은 것이다.

"으아악!"

전화기 너머에서 이성표의 해피한 비명이 들려왔다.

"방 실장, 우리도 투자금 정리했나?"

강토가 물었다.

"그렇습니다."

"얼마나 벌었어?"

"한 6억 땡겼습니다."

"그건 방 실장하고 직원들 적절히 분배해 줘."

"우, 우리를 나눠 준다고라?"

업무를 보던 덕규가 놀라 일어섰다.

"그래."

"6억을이라?"

"그래!"

강토가 또박또박 대꾸하며 웃었다.

"그, 그럼 내 몫은 얼마나?"

덕규가 문수를 바라보았다.

"나하고 황 부실장, 세경 씨는 1억씩, 나머지 경호원들과 사외 직원들 5,000만 원씩!"

"1, 1억?"

덕규는 다리를 후들거리며 말을 더듬었다. 그러더니 이내 비명을 지르기 시작했다.

"엄마, 나 1억 먹었어요!"

"아아아악!"

덕규의 비명은 그칠 줄을 몰랐다. 그걸 보며 강토는 생각했다.

이성표에게서 입금될 1,000억!

거기에 더해 도노반의 입금액 3,000만 불.

거기에 또 더해 몰디브의 섬 소유권.

'꿈인가?'

팔뚝을 물어보지만 이빨 자국보다 선명한 아픔이 느껴졌다. 행복한 아픔이었다.

제3장
공직자의 표상 공정위 위원장

3,000만 불.

한국 돈으로 약 350억의 대박이었다. 그중 100억을 잘라 기부했다. 각급 전문대학의 창업 동아리 300개를 뽑아 3,000여만 원씩 지원한 것이다.

아깝지 않았다. 그렇다고 펑펑 쓸 생각도 없었다. 이후로는 내실을 다지고 더 많은 돈을 벌게 되면 체계적인 장학 사업이나 창업 지원 사업을 할 계획을 세웠다. 정부처럼 형식적인 지원이 아니라 실질적인 지원, 정부처럼 서류 중심의 지원이 아니라 현장 중심의 지원. 지원금 받으려고 요식과 형식, 서류 갖추다 포기한 사람이 한둘이 아니다. 반대로 그런 거 잘 만드는 인간들은 오직 지원금만 뽑아먹고 산다. 한마디로 세금만 줄줄 새는 격이다. 정부는 그걸 알까?

'절대 알 리 없지.'

강토는 고개를 저었다.

소문이 나자 인터뷰 요청이 왔다. 모든 인터뷰를 거절했다. 그러나 단 하나의 인터뷰는 받아들였다. 채 국장의 GBS였다. 애당초 강토에게 손을 내밀어준 사람. 덕분에 국회 평정이 가능한 강토였다. 그렇기에 그 인터뷰만은 거절하지 않았다.

"누가 취재를 온다고?"

회의실에서 의뢰 철을 보던 강토가 문수를 바라보았다.

"조 앵커님이 직접요."

"⋯⋯?"

"농담 아닙니다."

"왜 하필 조 앵커야?"

"에이, 좋으시면서⋯⋯."

덕규가 끼어들었다.

"쓰으⋯⋯."

강토가 인상을 구겼다. 덕규는 입술을 삐죽거리며 말문을 닫았다.

오래지 않아 취재진을 들이닥쳤다. 사람은 많지 않았다. 아인은 그래도 프로였다. 그녀는 일체의 사적인 감정 없이 취재를 진행했다. 다가올 국회 정식 검증과 100억 쾌척에 대한 내용이었다.

"마지막으로 희망 사항은요?"

말미에 나온 아인의 질문.

"검증에 응하신 의원님들 모두 아무런 의혹이 없기를 진심으로 바랍니다."

검증 쪽에 중심을 두어 마무리했다. 그건 진심이었다. 강토 앞에 선 국회의원들이 다 청렴하다면, 그래서 강토가 비난을 받는다고 해도 감수할 용의가 있었다. 그런 국회라면 얼마나 좋을까? 그건 온 국민의 소망이었다.

"수고하셨습니다."

아인이 정리를 하고 일어섰다. 강토도 인도까지 나가 취재 차량을 배웅했다.

"대표님, 진짜, 진짜 멋졌어요!"

세경이 엄지를 세워 보였다.

"우리 형이거든."

덕규가 은근히 거드름을 피웠다.

"자기도 좀 분발하세요. 이건 차이가 나도……."

"뭐야? 내가 뭐 어때서?"

덕규가 핏대를 울릴 때 아버지의 전화가 들어왔다.

—이 대표!

아버지의 목소리도 사뭇 고조되어 있었다.

—창업 자금 100억 쾌척했다고?

"어쩌다 보니 그렇게 됐어요."

강토는 겸손하게 답했다.

─뭐가 어쩌다야? 우리 직원들 난리 났다! 멋진 아들 됐으니 한턱내라고 말이야!

"그보다 그거 처분했어요?"

강토가 물었다. 귀띔해 준 투자 건에 대한 질문이다.

─했지. 덕분에 재미 좀 봤다.

"얼마 거셨어요?"

─그게…….

아버지가 말끝을 흐렸다.

"1억?"

─에이, 이 아버지를 뭐로 보고?

"그럼 10억요?"

─2억…….

아버지의 목소리가 급강하했다.

"풋!"

웃음이 터지는 걸 억지로 참았다. 2억. 주식 같은 걸 투기로 보는 아버지였으니 작은 돈은 아니었다.

─솔직히 네가 말했으니까 투자했지 다른 인간이 말했으면 어림도 없다. 아, 그럴 돈 있으면 생산 설비 늘이지 미쳤다고 애먼 데 돈을 처박아?

"학교 몇 채 버셨어요?"

―그게… 네 시나리오대로 팔았으면 몇 채 더 지을 걸 내가 좀 서둘렀더니… 딱 두 배 먹었어.

"그러실 줄 알았어요."

―야, 나는 이거면 됐다. 학교를 수십 채나 짓게 생겼잖아?

"잘하셨어요."

―잠은 푹 잤고?

"예."

―일도 좋지만 너무 무리하지는 말거라.

"당연히 그래야죠. 건강해야 캄보디아 따라가서 학교 짓는 것도 돕죠."

―말 나온 김에 너도 좀 보태라. 보아하니 이제 네가 나보다 더 잘 버는 것 같은데…….

"얼마나 보낼까요?"

―시작이 중요하니까 한두 채 되겠냐?

"그 열 배로 시작하죠."

―오케이! 듣던 중 반가운 소리구나.

아버지가 좋아했다.

"중국 쪽 일은요?"

―그쪽 인증 규격에 딱 맞춰서 샘플 나왔다. 요로를 통해 알아봤는데 큰 문제 없을 거라고 하더구나.

"기왕 하는 거 대박 나세요."

―오냐. 우리 유명한 아들 체면 까는 아버지는 되지 말아야지.

"그런 말 마세요. 아버지는 뭘 하시든 제 자랑입니다."

—말만 들어도 행복하구나. 내 소원은 네가 아프지 않고 쭉
쭉 나가는 거다. 지금처럼 비리와 부패한 악당들 까부수면서
말이다.

"정의의 사도처럼요?"

—응.

"돈도 벌고요?"

—그럼 더 좋지.

"그럼 나중에 뵈어요."

—그래. 절대 무리하지는 말거라. 알았지

아버지는 당부를 남기고 전화를 끊었다.

"통화 끝나셨나요?"

어느새 다가온 문수가 물었다.

"공정위?"

강토가 물었다.

"예. 이거 해드리지 않으면 위원장님이 사표 내신다고 그랬
다면서요?"

"그랬지. 그분은 절대 공직 그만두면 안 되니까 무조건 가
자고."

강토는 가뜬하게 걸음을 떼었다.

공정위!

경제 검찰로 불린다. 이들의 권한은 막강하다. 설립 목적은
경제 활동의 기본 질서를 바로잡기 위해서이다. 그리하여 기
업 간의 공정하고 자유로운 경쟁을 보장하려는 것.

이 정신은 공정거래법 제1조에 잘 나와 있다.

〈사업자의 시장 지배적 지위의 남용과 과도한 경제력의 집중을
방지하고 부당한 공동행위 및 불공정 거래 행위를 규제하여 공
정하고 자유로운 경쟁을 촉진함으로써 창의적인 기업 활동을 조
장하고 소비자를 보호함과 아울러 국민 경제의 균형 있는 발전을
도모함을 목적으로 함.〉

이들의 주요 역할은 경쟁 촉진, 각종 진입 장벽 및 영업 활
동을 제한하는 반경쟁적 규제를 개혁하고 경쟁 제한적 기업
결합을 규율함으로써 경쟁적 시장 환경을 조성하는 것.

여기에는 시장 지배적 지위 남용 행위, 부당한 공동 행위,
기타 불공정 거래 행위를 금지하고 소비자 주권 확립, 소비자
에게 일방적으로 불리하게 만들어진 약관 조항을 시정하고
표준 약관을 보급함으로써 불공정 약관의 허위, 과장 광고 시
정, 하도급 대급 지급, 물품 수령 등의 각종 불공정 행위 시정
을 포함하고 있다.

"끙……."

몇 장 읽는 것만으로도 머리가 아파왔다. 공무원들의 주특
기다. 뭐든 일목요연하게 압축하지 않고 장황하게 만드는 것이
다.

강토는 서류를 내려놓았다. 다음 장에 이어지는 조직도는 보지 않았다. 공정위 안에는 국장이 여섯 명 있었다. 물론 국장급으로 따지면 더 많았다.

"방 실장!"

뒷좌석에서 문수를 불렀다. 아직 도착하려면 멀었다. 공정위의 위치는 자그마치 세종시였다.

"예?"

"밥 내기 할까?"

"뭐로 말입니까?"

"위원장님 말이야. 몇 명이나 검증대에 올릴 거 같아?"

"그런 거라면 공평하게 부실장도 끼워줘야죠."

문수가 덕규를 바라보았다.

"아, 진짜… 머리 좋은 분들끼리 하세요. 난 그냥 꼽사리 좀 끼게."

덕규는 빌붙기 전략으로 나왔다.

"몇 명?"

강토가 문수의 답을 재촉했다.

"글쎄요. 그분 성품 같아서는 과장급 이상의 실무 간부진을 전부 칼날 위에 올리지 않을까요?"

"그래서 몇 명?"

"한 20여 명?"

"그럼 그것도 나눠서 검증해야 하잖아?"

"그렇죠. 절대 무리하시면 안 됩니다."

"내 생각에는 본보기로 한두 명 할 것 같은데?"

"그건 너무 적지 않습니까?"

"아무튼 건 거야. 20여 명 대 두 명?"

"그러죠."

문수가 대답하는 사이에도 벤츠는 질주를 거듭했다. 마침내 멀고도 가까운 세종시에 닿았다.

"어서 오세요!"

위원장 나동섭이 직접 나와 강토를 맞이했다. 직원 두엇이 그를 보좌하고 있었다.

"이쪽으로!"

강토는 문수와 함께 원장실로 들어섰다. 벽장에는 두툼한 경제 서적이 도서관을 이루고 있었다.

"눈코 뜰 새 없이 바쁘시지요?"

차가 들어오자 위원장이 물었다.

"예, 조금……."

"대학생 창업 자금 100억 쾌척, 정말 대단합니다. 누구도 못하는 훌륭한 일을 하셨습니다."

"별말씀을……."

"게다가 국회 검증이 코앞인데… 시간 내주셔서 감사합니다."

"약속이었으니까요."

"그런 약속쯤 대수롭지 않게 깨는 사람이 많아서 말이죠. 사실 공정거래법도 마찬가지거든요. 이렇게 저렇게 당당하게 거래하자 약속해 놓고 뒤에서 딴짓하는 사람이 한둘이 아니지요."

"그래서 공정위가 있는 것 아닙니까?"

"아무튼 우리 간부들, 잘 좀 부탁합니다."

"위원장님."

잠자코 있던 문수가 운을 떼었다.

"말씀하세요."

"오늘 검증 말입니다. 아직 상세한 진행 내용을 받지 못해서요."

"아, 그거 내가 말렸어요. 이 대표께서 오시면 함께 정하려고요. 직원들에게 맡기면 보안도 그렇고… 공연히 직원들끼리 뒷말이 돌 소지도 있거든요."

"예."

문수는 더 묻지 못했다. 위원장의 말에는 틀린 구석이 없었다. 일단 위원장 지시가 떨어지면 보안이 어렵다. 그게 새어 나가면 누군가를 의심해야 한다. 의심의 칼날은 불신을 낳는다. 범인이 나와도 그렇고 나오지 않아도 마찬가지였다.

"그럼……."

이제 말씀하시죠.

강토의 눈빛이 위원장과 닿았다.

"제가 원하는 건 없습니다."

위원장이 웃으며 말했다.

"예?"

없다?

그렇다면 공정위 위원장, 하나의 쇼를 벌이고 있단 말인가? 이강토에게 검증을 받은 기관이라고 홍보하기 위해? 갸웃하는 사이에 위원장의 설명이 이어졌다.

"제가 여기 위원장으로 있으니 직원들의 아버지와 같습니다. 자식들을 다 모아놓고 의심의 칼을 겨누면 지금까지 위원장 노릇을 못해왔다는 얘기와 같지요. 자식이 잘못된 게 누구 잘못입니까? 좋은 부모 밑에서 자라는 자식들은 빗나가지 않습니다. 사실 이 일은 우리 직원들을 의심해서라기보다 더 잘하자는 의미로 부탁을 드리는 것입니다. 누구보다 공정해야 할 위치에 있으니 그 공정성을 한번 벼리는 계기로 삼자는 거지요."

"……!"

"저는 자가 검증의 기회를 줄 겁니다. 누구든 자신이 떳떳하다면 검증하지 않으려고요. 하지만 비리를 저지른 직원이 있다면 가슴이 철렁할 겁니다. 제가 언제든지 이 대표를 데려올 수도 있다는 시위 아닙니까? 아마 오늘 이후로는 절대 비리에 가까이 가지 못할 거요."

"……"

"그러니 대표님은 소위 한자리하는 권력층에게 비리 검증 계기나 인상에 남은 사례 같은 걸 들려주시면 좋겠습니다. 그 것만 해도 소리 없는 무력시위가 될 테니 정신이 번쩍 들 겁 니다."

'아!'

감탄이 새어 나왔다. 비리의 발본색원도 중요하지만 진짜 중요한 것은 기관이 거듭나는 것. 한두 명의 비리를 찾아내 벌하는 것보다 백배 나은 방법이었다.

자가 검증!

위원장의 복심은 간단했다. 간부들에게 스스로 청렴도를 평가할 기회를 주고 스스로 떳떳하다면 누구도 검증하지 않을 생각인 것이다.

'이런 기관장 밑에서 일하는 사람들은······.'

행운아들이지.

강토는 고갯짓으로 남은 말을 대신했다.

더 다행인 것은 그가 이혜선 여사의 제자가 아니라는 사실. 대한민국에는 이혜선의 라인이 아니어도 쓸 만한 사람이 많았다. 이 또한 축복에 다름 아니었다.

회의실에 들어섰다. 간부들이 많았다.

짝짝짝!

약 40여 명의 간부들. 강토를 보자 기립박수를 보내왔다.

"다들 착석하세요!"

위원장이 마이크를 잡았다.

"다들 아시겠지만 이분이 저 유명한 이강토 대표십니다. 국회의원 검증에 국무위원 검증, 나아가 대학생들에게 100억 쾌척까지… 설명 안 해도 알겠죠?"

위원장이 말하자 간부들은 박수로 대답을 대신했다.

"저도 이 대표님께 검증을 받지 않았습니까? 사실 그때 오줌 좀 지렸는데 여러분은 저처럼 뒤가 구릴 리 없으니 말씀이나 몇 줄 경청해 주기 바랍니다. 이 대표님 모시겠습니다."

위원장이 강토를 가리켰다.

짝짝!

다시 박수가 이어졌다.

"반갑습니다, 이강토입니다."

강토가 연단으로 나왔다.

"사실 자고 나니 유명해졌지만 별거 아닌 사람이고요, 위원장님 검증할 때는 저분의 강개함에 놀라 제가 오줌을 지렸습니다."

"하하핫!"

강토의 말에 웃음이 새어 나왔다.

"제가 감히 이 자리에 설 깜냥은 못 되지만 비리 검증에 대한 히스토리를 말씀드리자면 그건 바로 두 얼굴이 계기라고 하겠습니다. 일부 한국 사람이 가지고 있는 업무용 얼굴과 본

심의 얼굴 말입니다."

운을 떼고 강토는 경제 검찰들의 얼굴을 바라보았다. 듬직하다. 뭐든 맡기면 다 해낼 것 같은 인재들로 보였다. 그러나 저 중 누군가는 강토가 말하려는 이중인간이 있을 수 있었다. 남 보기에는 청렴한 공직자 같지만 이면으로 돈을 챙기고 편리를 봐주는…….

"제가 아는 한 과학자가 있었는데요, 정말이지 존경스러운 분이었습니다. 학문에서도 뛰어난 석학이었고 국가의 지원도 전폭적으로 받는…….."

강토가 꺼낸 화두의 주인공은 차일환이었다. 그를 그저 과학자로 바꿔놓은 것이다.

"그런데 존경받는 이분의 사생활은 아주 달랐습니다. 살인마였죠. 그 사실을 안 후부터 인간의 내면이 궁금해졌습니다. 착실한 인상 속에, 예쁜 미소 속에, 혹은 성실한 표정 속에 감춰진 그 사람의 다른 얼굴 말이죠."

"……."

"사실 저는 여러분 모두를 검증하러 이 자리에 왔습니다."

"우리 모두?"

"우!"

간부들 사이에서 신음이 흘러나왔다.

"여러분 중에는 그런 사람이 없을까요? 국가가 여러분에게 맡긴 권한을 휘두르며 개인의 영달과 욕심을 차린 사람들. 일

전에 한 대기업의 구매 담당 간부가 수년 동안 수백억을 착복했다는 보도를 보고 놀란 적이 있습니다. 그때 그 사람의 동료들은 그걸 알고 있었을까요?"

"……."

"그런데 위원장님이 막으시는군요. 당신은 여러분을 믿는다. 그건 여러분에 대한 인격 모독이니 차라리 당신을 다시 검증하라고."

"……!"

"거기 기업거래정책국장님?"

강토가 명찰을 보며 물었다.

"예……."

"죄송하지만 잠깐만 자리에서 일어나 주시겠습니까?"

강토가 청하자 국장 하나가 일어섰다.

"2년 전에 하도급개선법을 제대로 적용하지 못한 직원에게 한 하도급 업체에 일주일 동안 근무시킨 적이 있죠?"

"……?"

"그 직원이 거기 다녀온 후에 국장님께 마음을 열었죠?"

"……?"

"국장님은 그해 가을에 그 직원을 밀어 특진시켰고요."

"……."

"맞습니까, 틀립니까?"

"마, 맞습니다만……."

대답하는 국장의 얼굴이 하얗게 질려 있다. 강토의 맛보기 시위. 간부들은 숨조차 제대로 쉬지 못했다.

"협조해 주셔서 고맙습니다. 자리에 앉아주세요."

강토는 물을 한 모금 넘기고 말을 이어갔다.

"여러분에게 연암 박지원의 말을 전하며 짧은 만남을 맺겠습니다."

"……."

"톡톡 털고 나서는 사람에겐 복이 붙을 데가 없고 남의 심리를 꿰뚫어 아는 사람에게는 사람이 붙지 않는다. 박지원의 우상전에 나오는 말이더군요. 약간의 실수, 약간의 미숙함, 이런 것까지 죄다 까발리는 게 뇌파 검증의 목적이 아니니 여러분은 하던 대로 열심히 직무를 수행해 주시면 고맙겠습니다."

연단 옆으로 나온 강토가 좌중을 향해 인사를 했다.

짝짝짝!

마무리 박수가 나왔다. 간부들이 일어섰다. 그때 한 사람이 손을 들고 일어섰다.

"위원장님!"

그가 입을 열었다.

"무슨 일인가?"

위원장이 대답했다.

"저는 이분의 검증을 받고 싶습니다. 부탁드립니다!"

그는 고개를 숙인 채 움직이지 않았다. 좌중은 그 자리에서 얼어붙었다.

검증 자처!

완곡한 요청이었다.

*   *   *

송국기 과장.

처음엔 국장급인 줄 알았다. 하지만 그의 직급은 과장이었
다. 말하자면 만년과장. 나이로 보아 이제 2년 후면 공정위를
떠날 사람이다.

"송 과장!"

위원장의 목소리가 그를 만류했다.

"부탁드립니다!"

그는 듣지 않았다. 여기저기서 웅성거리는 소리가 들렸다.
문은 열렸지만 누구도 나갈 수 없었다. 우묵하게 그를 바라본
위원장이 강토에게 말했다.

"될까요?"

강토는 고갯짓으로 위원장의 청을 접수했다.

"이리 나오시죠."

강토가 연단을 가리켰다. 자리에서 일어선 간부들은 누가
뭐랄 것도 없이 자기 자리에 앉았다. 과장이 강토 앞에 섰다.

"뭘 검증받기를 원하시나요?"

강토가 물었다.

"모든 것!"

그가 말했다. 선은 약해 보이지만 눈빛만은 살아 있는 사람이었다.

"눈을 감으세요."

그 말과 동시에 강토의 매직 뉴런이 송 과장의 뇌 안으로 밀고 들어갔다.

〈비리〉

〈뇌물〉

〈상납〉

몇 가지 익숙한 미션을 매직 뉴런의 시냅스에게 새겨주었다. 시냅스들은 광속으로 진격해 나갔다. 대뇌피질에서 그의 오랜 기억을 열었다.

'웅?'

강토가 잠시 볼 살을 꿈틀거렸다. 비리가 있었다. 그러나 별것도 아니었다. 그의 비리는 과징금에 대한 것. 과징금 조정 과정에서 감액을 해준 건이 그것이다.

과징금!

기업에게는 절망의 철퇴로도 불린다. 기본 과징금은 관련 매출에 위반되는 행위의 경중에 따라 차등 산정하는 것. 그중 '중대한 위반 행위'로 분류된 기업의 과징금에 대해 조정 과정에서 깎아준 게 문제가 되었다. 이른바 뒷돈을 받고 봐줬다는 것.

그 기억 속에서 기업의 임원 둘이 나왔다. 그들이 새벽부터 송 과장의 자택으로 찾아왔다. 그들은 복도에 무릎을 꿇은 채 읍소했다. 거절했지만 현관까지 따라왔다. 생각해 보면 안 된 것도 같아 차나 한 잔 주려고 거실로 들였다.

그게 발단이었다.

그들은 과징금의 억울함을 호소했다. 위반 행위의 내용과 부당 이득의 규모로 보아 지나친 금액이 나왔다는 것. 더구나 경기 불황으로 당기순이익이 큰 폭의 적자라서 과징금을 감당할 수 없다며 선처를 호소했다.

일단 돌려보냈다. 가고 난 후에 보니 홍삼 드링크가 보였다. 돌려주기도 사소한 거라 경비원 아저씨에게 건네주었다.

출근한 송 과장은 다른 기업의 경우와 형평성을 조사해 보았다. 거기서 조사의 오류를 발견했다. 부당 이득의 규모 파악에서 한두 가지 항목이 중복되었던 것.

송 과장은 담당 국장을 찾아가 감경 의견을 밝혔다. 국장은 고개를 저었다. 여기에는 다른 직원의 보고 문제가 있었다. 과장과 같은 아파트에 사는 직원 하나가 송 과장이 기업 임원들과 함께 나오는 것을 본 것.

국장 라인이던 직원은 국장에게 보고를 올렸다. 국장은 오해를 했다. 송 과장이 그들과 밀착했다고 판단한 것이다.

1차 조정 과정!

그 기업은 오히려 괘씸죄를 적용받았다. 과거에 담합한 전력까지 들어 오히려 30%를 증액시켰다. 기업으로서는 가중처벌을 맞은 셈이다.

송 과장은 국장에게 형평에 어긋난다는 뜻을 어필했다. 내부 서류에 약간의 문제가 있었음도 알려주었다. 게다가 이미 그 기업과 같은 이유로 감액을 받은 기업이 많았던 것.

"정 그렇다면 내가 직접 만나서 뭐가 억울한지 들어보겠네."

국장이 말했다. 송 과장은 임원들과 국장의 만남을 주선해 주었다. 오직 주선일 뿐이었다.

이후 2차 조정에서 '현실적 부담 능력 부족'을 이유로 90% 감액 결정이 나왔다. 국장의 허락이 있었다.

"들어보니 일리가 있더군."

감액된 금액은 무려 420억 원이었다. 국장은 오래지 않아 영전해 떠나갔다.

얼마 후에 그 기업이 수사 대상에 올랐다. 사주의 횡령과 배임이 주 혐의였다. 그 과정에서 공정위의 과징금도 자연스럽게 도마에 올랐다.

"공정위에도 뇌물을 뿌렸다."

사장의 한마디가 뇌관이 되었다. 과장의 승진 길에서 장렬하게 폭발했다.

—제 일처럼 나서서 과징금을 깎아준 사람.

—국장조차 다그쳐 기업 편을 든 사람.

소문은 단숨에 송 과장을 파렴치한으로 만들어 버렸다. 검찰이 확정한 일도 아니었다. 내부 감사담당관이 칼을 빼들었다. 송 과장은 항변했다. 받은 것은 홍삼 주스 한 박스. 그조차 인지하지 못한 일이었고, 아파트 경비원의 피와 살이 되어 사라진 일.

혐의는 나오지 않았다.

그래도 믿어주는 사람이 없었다.

의심은 사라지지 않았다. 지금까지 쌓아온 평판도 마찬가지였다.

—돈 먹은 사람이라며?

—감쪽같이 먹어서 못 잡았다네.

송 과장의 이미지에 붙은 주홍 글씨. 대놓고 하는 말이 아니라 등 뒤에서 헐뜯는 뒷말이기에 더욱 괴로웠다.

"하아!"

한숨이 늘어갔다.

처음으로 승진에서 밀렸다. 그때까지 동기 중에서 가장 빠른 승진 코스를 달리던 송 과장. 새로 온 국장과 당시의 위원장을 찾아가 결백과 심적 고통을 호소했지만 그들이라고 풍문을 바꿀 힘은 없었다.

"송 과장 모함하지 마!"

직원을 모아놓고 그렇게 말한다면 더 웃음거리가 될 꼴이었다.

이후로 송 과장은 철저하게 왕따를 당했다. 원래 직장이라는 게 약간의 선물이 오가기도 하는 일. 특히 상사의 생일이나 명절에 작은 마음을 전하는 건 자연스러운 일이다.

이후로 송 과장은 상사들 생일에 약주 한 병 보낼 수 없었다. 바뀐 국장은 면전에서 35,000원짜리 와인을 거절했고, 또 다른 국장 역시 40,000원짜리 추석 배 박스를 돌려보냈다.

보직 역시 한직만 맡게 되었다. 그러다 보니 부하 직원들도 송 과장을 따르지 않았다. 어차피 자기들을 밀어줄 능력자가 아님을 알기 때문이다.

'으음⋯⋯.'

송 과장의 비밀(?)을 읽어낸 강토는 잠시 생각에 잠겼다. 송 과장의 풍문은 오해에서 비롯되었다. 아무리 뒤져도 그 기업의 임원들에게 받은 건 홍삼 주스 한 병뿐이었다. 그조차 부지불식간에 놓고 간 것. 그러나 이 시나리오대로 얘기해서는 송 과장의 오해가 풀릴 일이 아니었다.

'당시의 국장⋯⋯.'

당연히 의심이 되었다.

그러나 그는 이미 다른 부처로 옮겨간 지 오래. 이제 와서 이곳으로 달려올 리도 없었다. 다음은 그날 아파트에서 송 과장과 임원이 함께 나오는 걸 본 직원. 그 역시 해결책은 아니었다. 직원은 보았고, 봄으로써 불손한 유추를 한 게 전부였다.

조금 더 짚어가다 보니 검찰 수사가 떠올랐다.

검찰 수사!

〈공정위에도 뇌물을 뿌렸다.〉

어쩌면 그 단어가 희망이 될 수도 있었다.

"끝났습니다. 이제 눈을 뜨세요."

송 과장 주변에서 기를 쏘는 듯한 자세를 취하던 강토가 말했다. 송 과장이 천천히 눈을 떴다.

"이분은 감사실의 감사를 받으셨군요. 마음고생도 아주 심하시고요. 스트레스 때문에 3주 정도 입원한 적도 있네요."

강토가 좌중을 향해 입을 열었다. 거기까지는 맞았다. 하지만 결정적인 것들이 아니었다. 간부들은 어떤 말이 나오는지 숨을 죽이고 주시했다.

"결과를 말씀드리기 전에 전화 한 통 쓰겠습니다."

강토가 돌아섰다. 전화는 반 검사에게 걸었다. 배임과 횡령으로 수사를 받은 그 원인 제공 기업의 사장. 어쩌면 수사 기록이 도움이 될 것 같았다.

〈사건 기록 검색!〉

"급한 일이라… 잘 부탁드립니다."

잠시 기다리라는 말이 돌아왔다. 강토는 허공을 바라보며 시간을 보냈다. 오래지 않아 반 검사 쪽에서 답이 들어왔다.

"……!"

강토는 상기된 얼굴로 전화를 끊었다. 표정이 바로 밝아졌다.

"여러분!"

강토가 좌중을 향해 돌아섰다.

꿀꺽!

여기저기서 마른침 넘기는 소리가 들려왔다.

"저는 여기 송국기 과장님의 마음을 읽었습니다. 그리고 왜 읽었는지는 여기 계신 여러분이 다 알고 있을 것 같습니다."

"큼큼!"

곳곳에서 어색한 헛기침이 새어 나왔다.

"제가 뇌파 독심을 한 결과 송 과장님은 여기 공정위에 형성된 풍문과는 아무 상관이 없는 걸로 나왔습니다. 사실 여러분도 상당수 알고 있으리라 믿습니다만."

"……!"

직원들은 침묵으로 맞섰다.

강토는 좌중을 둘러보고 다시 말을 이어갔다.

"평판은 무섭죠. 그것에는 두 얼굴이 있으니 하나는 정당한 평판이오, 또 하나는 오해로 비롯된 평판입니다. 후자는 아주 무섭죠. 거기에 살이 붙고 감정이 붙어 마침내는 작은 섬이 대륙이 되기도 하니까요."

"……"

"제가 요청한 결과가 오기 전에 한 가지만 말씀드리겠습니다. 혹시 유광준 씨 계시면……."

강토가 말하자 한 사람이 손을 들었다. 과장 줄이다.

"당시 문제가 된 황금BT의 과징금 부과 서류 초안을 작성하셨지요?"

"그렇습니다."

"혹시 그 서류로 송 과장님에게 질책을 받은 적이 있습니까?"

"없습니다."

"그 서류는 완벽했나요?"

"예?"

"과징금 부과에 오류는 없었는지 궁금해서 묻는 겁니다."

"제 기억에는… 오류가 없었습니다."

"그 서류는 송 과장님에게 직접 결재를 받았나요?"

"아닙니다. 당시 과장님은 외국 출장 중이라 업무대행자인 제가 전결로……."

유광준은 송 과장을 바라보며 뒷말을 흐렸다.

"알겠습니다. 다시 앉아주세요."

유광준을 앉힌 강토는 지원을 맡고 있는 여직원에게 핸드폰을 건넸다.

"여기 이 파일을 스피커를 통해 틀어주시겠습니까?"

"준비되었는데요?"

핸드폰을 컴퓨터에 연결한 여직원이 말했다.

"여러분!"

다시 강토가 좌중을 돌아보았다.

"지금부터 여러분이 들으실 녹취록은 검찰 수사 과정의 한 부분입니다. 잘 들어주십시오."

강토의 말과 함께 목소리가 흘러나왔다. 조서를 받는 검사와 황금BT의 대표가 그 주인공이었다.

〈공정위의 누구에게 뇌물을 주었다는 겁니까?〉

〈이 국장이라는 사람이오.〉

〈얼마를 주었소?〉

〈장 전무를 통해 30억을 건넸소.〉

〈30억? 사실이오? 장 전무와 이 국장을 데려다 대질해도 좋겠소?〉

〈실은 3억을…….〉

〈나머지는?〉

〈…….〉

〈실무자나 다른 직원들에게도 주었소?〉

〈아니오. 그쪽 실무과장은 워낙 원칙주의자라…….〉

〈그럼 결국 공정위에 뿌린 건 3억이 아니오?〉

〈다른 곳에도 업무상…….〉

〈이봐요, 3억으로 변죽 울리지 말고 제대로 갑시다. 횡령액 200억, 어디로 빼돌렸어요? 비자금 조성한 거 아닙니까?〉

녹취록은 거기서 끊겼다. 강토는 보았다. 송 과장의 가슴이 북받치고 있는 것을. 파르르 전율하던 그는 결국 자리에 무너져 통곡을 하고 말았다.

"우워어억!"

남자의 울음. 오랜 시간 오해로 시달려 온 양심의 절규는 비통했다.

"우억, 우억!"

"일어나세요."

강토는 그를 일으켜 세웠다. 그런 다음 등을 두드려 주고는 연단으로 돌려보냈다.

"……!"

좌중은 완전한 당혹감에 사로잡혀 있었다. 검찰의 수사 과정. 돈을 먹은 사람은 결국 송 과장이 아니고 국장이었다. 그러나 단순한 오해가 겹치면서 송 과장이 덤터기를 쓴 꼴이었다.

"여러분!"

"……"

"이제 진실이 드러났습니다. 여러분 사이에서 회자되던 풍문은 불신과 시기가 빚어낸 괴물이었던 겁니다."

"……"

"마지막으로 유광준 씨!"

"예?"

좌석에 있던 유광준이 다시 일어섰다.

"그때 당신의 서류에는 오류가 있었습니다. 정확히 말하면 매출액 계산의 오류였어요. 두 항목에서 동그라미를 하나 더

치는 오타를 냈던 거죠. 송 과장님은 뒤늦게 그걸 알았지만 당신을 탓하지 않았어요. 당신이 대리가 된 후에 처음으로 전결한 서류라 당신을 보호하려는 마음에 혼자 상황을 수습하려고 했던 거죠."

"……."

"그때 서류가 당신 컴퓨터에 있다면 확인해 보세요."

"내가 오타를……."

사람들의 시선이 유광준에게 쏠렸다. 누가 등을 민 건지 그는 쏜살처럼 달려나갔다. 그리고 잠시 후에 맥 풀린 모습으로 돌아왔다.

─어떻게 됐어?

좌중이 침묵으로 물었다.

비틀 하며 연단에 오른 그는 송 과장 앞으로 다가가 무릎을 꿇었다.

"과장님……."

그의 눈에서 회한의 눈물이 흘러내렸다.

"저는 그것도 모르고……."

유광준은 고개를 떨군 채 어깨를 떨었다. 송 과장이 그를 부축해 세웠다. 그는 아무렇지도 않은 듯 유광준의 어깨를 쳐 주며 말했다.

"그건 그냥 사소한 실수였네. 자넨 잘못 없어. 부서장인 내 잘못이지."

"과장님!"

유광준이 송 과장 품에 안겼다. 간부들이 일제히 일어섰다. 그들은 누가 먼저랄 것도 없이 일제히 뜨거운 박수를 보냈다. 위원장도 박수 대열에 동참했다. 강토도 그랬다.

짝짝짝!

박수 소리는 회의실에 오래도록 메아리쳤다.

제4장
베이징 밀담

다 나갔다.

남은 건 강토와 원장, 그리고 송 과장이었다.

"이 대표!"

그때까지 엷은 미소를 머금고 있던 위원장이 강토를 바라보았다.

"예."

"내 마음을 읽었습니까?"

위원장의 미소는 한없이 자애로웠다.

"아닙니다."

"아니, 마치 내 마음을 읽은 듯합니다. 실은……."

위원장의 눈가도 젖기 시작했다.

"이 사람이 내 아픔이었소. 내가 부임하기 이전에 일어난 일. 나도 풍문을 듣고 유심히 관찰했지만 나무랄 데 없는 사람이었어요."

"위원장님!"

송 과장의 목이 메기 시작했다.

"하지만 평판을 불식하지 못했어요. 국장 승진에는 이름도 올리지 못하고 어쩌다 이름이 올라와도 다른 간부들이 입을 모아 반대하는지라······."

"어윽!"

한 번 더 무너지는 과장.

"국회에서의 검증도 멋졌겠지만 내가 보기엔 오늘이 최고였소."

위원장이 엄지를 세워 보였다.

"사필귀정이지요."

강토는 한마디로 소감을 전했다. 바르게 살아온 사람. 강토가 아니어도 언젠가는 누명과 오해가 벗겨질 판이었다. 강토는 그렇게 믿었다.

"아무튼 진심으로 감사드리오."

위원장이 정중히 고개를 숙였다. 강토도 허리를 조아려 예를 표했다. 좋은 사람에게는 조금 비굴해 보여도 상관없었다.

"과장님!"

복도로 나가자 유광준이 송 과장 팔을 잡았다. 그는 부끄러운 미소로 송 과장을 모셔갔다. 화해의 자판 커피라도 한 잔 마실 모양이다.

'보기 좋군.'

밖으로 나왔다.

하늘이 맑았다.

밥은 문수가 쏘게 되었다. 문수는 기꺼이 개인 카드를 긁었다. 식사 중에 낭보도 날아왔다. 하나도 아니고 둘이었다.

첫째는 도노반 쪽이었다. 천문학적 돈을 긁어 들인 그가 최고급 스포츠카 한 대를 보내왔다. 자그마치 페라리 스포츠카였다.

두 번째는 이성표 쪽이었다. 그가 선물한 건 경기도 광주의 별장이었다. 물경 10억짜리를 통 크게 쏴준 것이다. 이미 벌어진 일이라 강토는 인사만을 전했다.

"곧 초대하리다. 우리 또 한 번 지구를 흔들어봅시다."

도노반의 말은 인상적이었다.

페라리는 강토가 시승을 했다. 그길로 방송국으로 달렸다. 너무 일찍 가는 통에 두 시간을 기다렸다. 뉴스를 끝낸 아인이 나왔다.

"어머!"

그녀가 놀랐다.

"왜요? 아인 씨의 앵커 프라이드에 비하면 너무 약해요?"

선글라스를 셔츠 깃에 끼운 강토가 웃었다.

"무슨 말이에요? 마이카예요?"

"아는 분이 보너스로 주셨어요."

"어머, 대박!"

"첫 여자 손님으로 아인 씨 모셔도 되죠?"

"아뇨, 안 돼요."

뜻밖에도 아인이 눈을 흘기며 돌아섰다.

"왜요? 차 마음에 안 들어요?"

"그게 아니고 마지막 여자라고 해야죠."

"아, 그렇군요. 내 생애 마지막 여자로 아인 씨를 모시고자
합니다."

"뭐, 그렇다면야……."

아인이 강토가 내민 손을 잡았다.

차에 오르자 아인이 변모하기 시작했다.

"달려요, 달려!"

아이처럼 강토를 재촉하는 것이다.

"그럼 딱지 끊을지도 모르는데요?"

"그게 대수예요? 내가 물어줄 테니까 밟아요. 그 맛에 스포
츠카 타는 거 아닌가요?"

"오케이! 내 생애 마지막 여자가 원하신다면!"

바룽!

강토가 가속기를 후려 밟았다.

콰아아앙!

차가 굉음을 내며 치고 나갔다.

"아하하핫! 신난다!"

아인이 두 팔을 벌리며 좋아했다. 뉴스 속에 묻혀 살더니 그녀도 탈출구가 필요했을까?

'에라, 모르겠다!'

강토의 발에 힘이 더 들어갔다. 아인의 웃음소리도 높아졌다. 정말이지, 이대로 지구 끝까지 달리고 싶은 밤이었다.

띠뽀띠뽀!

순찰차가 따라붙지만 않았다면.

다음 날 아침, 강토는 중랑천 산책길에서 장철환을 만났다. 새벽처럼 긴급한 연락을 취해온 까닭이다. 아침 공기는 신선했다. 꽤 많은 사람이 걷고 달리는 길을 따라 걸었다.

"이 대표, 뉴스 들었네."

또 대학생 창업 자금 이야기였다.

"얘기를 들어보니 간이 철렁하더군. 인터뷰 속에 정부의 사업이 죄다 형식적이라는 비판까지 한 것 같아서 말이야."

"죄다는 아니지만 상당수가 그렇지요."

"앞으로 개선될 거네. 이번에 부처 사업자금 담당자들도 뜨끔했을 거야."

"예."

"여기 자주 오시나?"

"가끔 나옵니다."

"한국 많이 발전했지? 이거 80년대만 해도 그냥 버려진 하천 부지였다네."

"네."

"지금은 보기 좋은 산책로가 되었지. 장마통에는 가끔 물에 잠기기도 하지만."

"뉴스에도 종종 나오죠."

"어떤가? 이런 길이 북한까지 쭉 뚫린다면?"

"더할 나위 없겠죠."

강토가 웃었다.

통일!

사실 강토는 심각하게 생각해 보지 않았다. 민족의 당면 과제이자 필수적이라는 건 알지만 대다수의 젊은이가 그랬다. 어릴 때는 학원 때문에 여유가 없고, 중고교 때는 대학입시, 대학을 마치면 취업이라는 큰 산이 기다리는 삶이었던 것이다.

"이 대표."

장철환이 걸음을 멈췄다. 그런 다음 강토를 바라보았다.

"말씀하시죠."

"국회 검증 일정 협의는 이제 마무리 단계에 있는 모양일세."

"예."

"미안하지만 그전에 김무혁 의원을 한번 도와주셔야겠네."

"북한으로 가는 겁니까?"

강토가 고개를 들었다.

"검증 일정이 끝나면 전당대회가 열릴 걸세. 지금 상황으로 봐서도 김 의원님이 유리하지만 여야가 함께 허덕이는 지금이 이미지 쐐기를 박을 기회라네."

"……"

"북한 측에 넣은 물밑 접촉을 저들이 받아들였네. 김 의원을 보낸다고 했더니 큰 무리 없이 수락했다고 하네."

"예……"

"어떤가? 국회에서 일으킨 기적을 다시 한 번 일으켜 주겠나?"

"제 힘이 필요하시다면."

"장소는 베이징이네. 우리가 넘어가기도 뭣하고 저들이 넘어오기도 뭣해서 중국으로 잡았어."

"예."

"급히 잡은 회담이라 내일 저녁으로 약속이 되었네. 그러니 오후 비행기 편으로 가줘야겠네."

"촉박하군요."

"오후 스케줄에 대한 손해는 내가 마지막으로 책임을 지겠네."

"마지막이라고요?"

"이번 남북회담을 끝으로 내 사표가 처리될 걸세."

"장 고문님!"

"걱정 마시게. 나도 새날당 공천에 응모할 거라네. 통과될지
는 모르겠지만."

"……."

"김 의원님께 작은 힘이라도 보태야 하지 않겠나? 어머니께
서도 그리 말씀하셨고."

"예."

"사실 어머니는 자네와 반 검사도 국회로 보내라고 하셨네.
이 나라에는 젊은 일꾼이 필요하고 둘은 누구보다 나라에 필
요한 사람이라고…."

"반 검사님은 몰라도 저는 아닙니다."

"왜? 이제 정치적 속성에 대해서도 좀 알지 않나?"

"죄송합니다. 정치에는 관심 없습니다."

"허어, 이거 어머니께 뭐라고 전한다? 반 검사도 이제 막 일
에 재미 붙였다고 딱지를 놓던데……."

"중국에 방 실장을 데려가도 됩니까?"

"물론이지. 준비는 우리가 마쳤으니 자네 수행원으로 한두
명 데려가도 좋네."

"방 실장이면 충분합니다."

"미안하이. 늘 짐만 맡겨서."

"별말씀을……."

"그럼 뒷일을 부탁하네."

"알겠습니다."

악수를 나눈 장철환이 아침 해를 맞으며 걸어갔다.

사표…….

기분이 묘했다.

뭐든 마지막이라는 건 애틋한 감정이 드는 모양이다. 그러나 보기 좋았다. 자기 할 일을 마치고 떠나는 사람. 물러설 때를 아는 사람의 뒷모습은 아름다워 보였다.

'정치…….'

그 단어를 생각하며 걸었다.

장철환의 말은 농담이 아니었을 것이다. 그건 아인에게 들어서 알고 있었다. 지금 여야에서는 강토를 영입하려는 움직임이 나오고 있었다. 그러나 액션까지는 들어가지 않았다. 바로 국회 검증 때문이다. 50여 명 검증에 대한 구체적인 방법의 협의. 그게 끝나기 전에 속내를 드러내면 여론의 역풍을 맞을 수 있기 때문이다.

사실 강토의 마음은 조금 먼 곳에 있었다. 여러 가지를 고려할 때 그게 좋을 것 같았다. 하지만 아직은 누구에게도 속을 드러내지 않은 강토.

'일단은 오늘 할 일부터!'

강토는 전화기를 들어 문수에게 연락했다.

"방 실장, 긴급 의뢰야. 오후에 중국 출국할 거 같으니 스케줄 있으면 다 연기하고 여권 준비하도록."

점심시간이 되기 전, 강토는 영어 강습을 끝내고 공항으로 향했다. 그사이에 진도가 좀 나갔다. 영어 강사는 입을 다물지 못했다. 폭풍 흡입하듯 문장을 빨아들이는 강토 때문이다.

"이 표현 아세요?"

하고 물었을 때,

"처음인데."

라고 대답한 문장을 이어지는 대화에서 써먹는 강토였다. 물론 그렇다고 해서 배운 모든 것이 남는 건 아니었다. 그래도 일반인에 비해서는 현격하게 두드러진 기억력이었다.

'땡큐, 매직 뉴런.'

기억력의 비밀을 쓰다듬으며 베이징행 비행기에 올랐다. 문수와 둘이다. 보안 때문에 수행요원 같은 건 나오지 않았다. 일단 베이징까지는 이렇게 가야 했다.

"자료 받았어?"

프리스티지석에서 강토가 물었다.

"없습니다. 내리면 사람이 나온다는군요."

문수가 대답했다.

"그렇군."

"심심하면 노래나 들으시죠."

"노래?"

"세경 씨가 챙겨주더라고요. K-퀸킹에서 뜨는 노래라고."

"윤선아?"

"어, 기억하시네요?"

"지난주도 발군의 1등이었다네요. 게다가 그녀가 부르는 노래마다 음원 차트에서 최상위권에 오른다고……."

"하긴 보이스가 굉장하긴 했어."

"효심은 더 굉장하다던데요? 병상의 아버지와 거의 매일 통화한다고……."

"그래?"

"자기는 아버지를 위해 꼭 1등을 할 거라고……. 그 장면 보니까 괜히 콧날이 시큰하더라고요. 아무튼 올해 K-퀸킹은 윤선아 때문에 초대박이 나고 있답니다. 시청률이 60%를 넘었다는데요?"

"실력에 인성까지 갖췄으면 그럴 자격 있지."

"세경 씨 말로는 사라 브라이트만과 맞장 승부를 붙여도 될 거라더군요. 저야 노래에는 젬병이지만."

"연애도 젬병이지."

"하지만 주군께서는 연애에 대박이시지요."

"비행기 탄 사람을 비행기 태워서 뭐 하게?"

"재희 씨가 언제 밥 한번 사고 싶대요. 대표님이 워낙 바쁜

분이라 안 될 거라고 했지만……."

"안 될 거 뭐 있어? 언제 아인 씨 불러서 같이 먹자고."

"어? 진짜 그래도 됩니까?"

"왜 그래? 새삼스럽게."

"아니… 감히 저희 커플이 대표님 커플과 식사를 해도 되나 싶어서……."

"우린 뭐 눈 네 개 달리고 심장 두 개 달렸어?"

"대표님은 뇌 두 개 아니었습니까?"

"방 실장!"

"하핫, 농담입니다. 이거 유감인데요. 육상 같으면 재희 씨에게 얼른 문자라도 보내겠는데. 이 대표님이 식사 수락하고요."

"나 참, 누가 보면 내가 슈퍼스타라도 되는 줄 알겠네."

"슈퍼스타 맞습니다. 그런데 한 가지 궁금한 게 있는데요."

"말해봐."

"재희 말입니다. 혹시 스포츠카 때 대표님이 손을 쓰신 거 아닙니까?"

"방 실장한테 뻑 가라 하고?"

"예."

"가능하지. 옥시토신을 샘솟게 하면 잠시 사랑에 빠질 수 있으니까."

"그럼 역시?"

"아니, 난 사랑까지 뇌파에 의존하지는 않아. 그러면 사기 아니야?"

"정말이죠?"

"그래. 재희 씨는 방 실장에게 꽂힌 거니까 뇌파 같은 건 잊어버리라고."

"알겠습니다."

"그건 그렇고, 이성표 팀장님하고 얘기는 나눴어? 큰 거 하나 엮으시려는 거 같던데."

"아, 얘기 들었습니다."

"국내 건이야?"

"그렇긴 한데, 외국 애들하고 붙는 모양입니다."

"외국 어디?"

"UTC나 DST를 거론하던데……."

"뭐 하는 곳인데?"

"세계적인 방산업체들이랍니다."

"방위산업?"

"예, 베이징 일 마칠 즈음이면 구체적인 가닥이 나올 겁니다."

"팀장님도 바쁘시네."

"다 대표님 덕분이죠. 지난번 텐시트 때문에 팀장님 주가도 상한가랍니다. 여기저기서 의뢰가 들어와 일감 고르느라 진땀이라더군요."

"이번 의뢰는 실비만 청구해. 별장까지 안겨주셨으니."

"그건 안 될 걸요? 삼촌 말씀이 최고 대우를 해줄 테니 그저 협력만 해달라고 했거든요."

"나 참……."

"그게 지금 대표님 위상입니다. 저는 그런 분을 수행하고 있는 거고요."

"그만 띄워. 이 비행기가 우주선은 아니잖아?"

"그러죠. 신경 끄시고 한잠 푹 때리십시오."

문수가 안대를 내밀었다. 베이징까지의 비행시간은 미국이나 덴마크에 비하면 새 발의 피. 자고 말고 할 것도 없었다.

"방 실장이나 한잠 붙여. 나 때문에 고생 많은데……."

강토는 안대를 문수 얼굴에 걸어주었다.

오래지 않아 안내 방송이 나왔다.

"승객 여러분, 우리 비행기는 곧 목적지인 중국 베이징공항에 착륙하겠습니다."

방송과 함께 문수가 깨어났다.

'베이징…….'

하늘에서 도시가 내려다보였다. 저곳에 북한의 메신저 배성광이 있을 것이다. 김무혁도 도착해 있을 것 같았다. 비행기로

치면 한두 시간이면 닿을 평양과 서울. 그러나 수십 년의 세월로 벌어진 거리. 날카롭게 각을 세운 남북관계의 현장에 뛰어든다고 생각하니 기분이 오묘했다.

'배성광……'

은재구의 기억에서 본 얼굴을 떠올리는 순간, 비행기가 사뿐히 공항에 착륙했다. 하늘에서 내리니 모든 것은 현실이 되었다. 북한 지도자의 복심으로 통하는 배성광을 만나는 일도.

"가지!"

강토는 문수의 등을 치며 일어섰다.

*　　　　*　　　　*

공항 앞에서 약속된 사람을 만났다. 남색 노트북 가방을 든 사람. 그를 따라 차에 올랐다. 조수석에는 이미 사람이 탑승해 있었다.

부릉!

차가 도로에 올라섰다.

"오시느라 고생이 많았습니다."

조수석의 사람이 돌아보았다. 그는 선글라스를 끼고 있었다.

"얼마나 가죠?"

강토가 물었다. 강토와 문수 역시 선글라스를 잊지 않았다.

"30분 정도 갑니다."

"회담은요?"

"네 시간 후로 잡혀 있습니다."

"김 의원님은요?"

"거기서 기다리고 계십니다."

선글라스와의 대화는 그게 끝이었다. 그는 더 말하지 않
고 돌아보지도 않았다.

뭐 하는 사람일까?

국정원 직원?

청와대 직원?

매직 뉴런을 써볼까 하다가 그만두었다. 괜한 파워를 낭비
할 필요는 없을 것 같았다.

베이징은 굉장했다. 직진 성장의 중국답게 놀라운 발전상
을 그대로 담고 있었다. 곳곳의 빌딩은 마치 맨해튼이나 뉴욕
을 보는 것 같았다. 차도 많았다. 그럼에도 중국은 여전히 성
장형이었다. 흠이라면 미세먼지. 중국은 이제 이 문제에 역량
을 퍼부어야 할 것 같았다.

잠시 밀리던 차선에서 벗어난 차가 작은 도로로 들어섰
다. 그 길을 돌아 나오니 다시 대로. 지름길을 이용한 모양
이다.

5분쯤 더 달린 차가 아담한 음식점 앞에 섰다. 12층 빌딩

옆에 자리한 2층짜리 건물이다.

"내리시죠."

먼저 내린 선글라스가 문을 열어주었다.

"2층으로 가시면 김 의원님이 계실 겁니다."

그가 건물을 가리켰다.

"여깁니다."

나무 계단을 밟고 올라서자 다른 사람이 보였다. 그가 문
수를 막았다. 강토만 들어가라는 뜻이다.

드륵!

문은 제법 소리를 내며 열렸다. 두 사람이 보였다. 김무혁
과 비서실장 역을 하는 지윤덕 의원이다. 고요히 환구시보를
보고 있던 김무혁이 고개를 들었다.

"이여, 이 대표!"

그는 지윤덕보다 먼저 일어나 강토를 맞아주었다.

"고생 많으셨지요?"

"아닙니다."

마주 인사를 하며 선글라스를 벗는 강토.

"이쪽은 지윤덕 의원. 의사 출신이세요."

"고명은 많이 들었습니다."

강토가 답했다.

"별말씀을. 혹시라도 제가 비리 검증대에 오르면 살살 좀
부탁합니다."

지윤덕은 환한 미소로 강토를 맞았다. 인사를 마친 강토는 김무혁의 앞자리에 앉았다.

"베이징에는 와봤나요?"

"초행입니다."

"어때요?"

"굉장하군요. 한국에서 생각하던 중국과는 많이 다릅니다."

"그렇죠. 중국도 성도만 놓고 보면 선진국 어디에도 뒤지지 않는답니다."

"그런 것 같습니다."

"일단 한잔해요."

김무혁이 차를 따라주었다.

"회담이 곧 시작된다고요?"

"조금 더 지켜봐야 알 것 같군요."

김무혁이 푸근하게 웃었다.

"예?"

"그 친구들, 보안이 철두철미하다 못해 지나치거든요. 벌써 두 번째 시간을 변경했어요. 저녁 7시에서 오후 4시로 잡더니 다시 저녁 8시로 하겠다는군요."

"의심이 많은 건가요?"

"취재진이나 우리 정보망을 따돌리려는 거지요. 어쩌면 이 건물을 통째로 감시하고 있을지도 모릅니다."

"네."

"이 장소도 그들이 정한 거고요."

"여기서 만나는 건가요?"

"처음에는 그러는가 싶었는데 만나기 30분 전에 최종 통보를 하겠다는군요. 허헛!"

"예."

강토는 고개를 끄덕거렸다. 정말 혀를 내두르게 하는 보안이 아닐 수 없었다.

"이 대표!"

"말씀하시죠."

"어쩌면 이 대표는 회담장에 들어가지 못할지도 몰라요."

"......?"

"그래서 말인데, 장 고문 말로는 이 대표의 뇌파 독심이 굳이 마주 앉지 않아도 가능할 수 있다고······."

"맞습니다."

"더러는 불가능하기도 하다고······."

"예."

"허헛, 이거야 원··· 다른 건 몰라도 민족을 위해서라도 배성광에게만은 통해야 할 텐데······."

"최선을 다하겠습니다."

"아닙니다. 사실 정치하는 사람으로 이 대표에게만 짐을 지울 수 없어 우리도 대안을 가지고 있기는 해요."

김무혁이 웃었다. 말 한마디에도 신뢰가 느껴졌다. 그저 강

토의 뇌파만 바라보고 밀담에 나왔다면 실망이 아닐 수 없는
일이다.

그때 김무혁 앞의 전화기가 울었다.

"약속 장소가 변경되었다는군요."

통화를 마친 김무혁이 또 웃었다. 완전히 숨바꼭질이다.

"여기서 약 1킬로미터 떨어진 곳이랍니다. 저들은 도착했으
니 출발하라는군요."

도착!

반갑지 않은 말이 나왔다. 그들이 실내에 있고 일대일 밀담
을 원한다면 강토가 배성광을 볼 수 없을 수도 있었다.

부릉!

차가 출발했다. 현재의 위치에서 5분쯤 떨어진 곳이었다.
지정된 장소에 도착하자 또 다른 장소가 지정되었다. 또 1킬
로미터 떨어진 장소로 옮기라는 것. 무슨 유괴범 추적 영화를
보는 것 같아 슬슬 짜증이 치밀기 시작했다.

"허헛, 이 친구들은 첩보 영화 찍으면 세계 시장 휩쓰는 거
시간문제일 거야."

김무혁이 혼잣말로 웃었다. 인자한 것 같지만 거목을 닮은
든든한 미소. 그는 과연 인물이었다.

끼익!

마침내 지정된 장소에서 차가 멈췄다. 식당 이름은 뻬이하
이. 2층짜리 고옥(古屋)으로 1층이 식당이었다. 어쩌면 평범해

보이기도 하는 식당. 하지만 거기서 우려하던 현실과 맞닥뜨리고 말았다. 입구를 장악한 요원 둘이 한 말 때문이다.

"배성광 동무는 안에 혼자 있수다."

"……!"

김무혁과 강토, 지윤덕의 표정이 동시에 굳었다. 우리도 혼자, 그러니까 너희도 혼자 들어가라는 말이었다.

"이 대표."

김무혁이 강토를 바라보았다.

"방법을 찾아보겠습니다."

"아니오. 일이 이렇게 되었으니 내가 최선을 다해보리다."

"포기하기는 이릅니다."

"……?"

"들어가실 때 최대한 문을 많이 여십시오. 그리고 제가 볼 수 있도록 시야를 터주십시오. 잘하면 독심이 가능할 수도 있습니다."

"그럼 전달은?"

"잠시 휴식을 취하자고 하시고 중간에 나오시면……."

"한번 해보기는 하겠소."

"의원님!"

옆에 있던 지윤덕도 염려가 되기는 마찬가지였다. 지 의원도 황당한 얼굴이었다. 그 자신까지도 밀담에서 배제될 줄은 생각지 않은 모양이다.

"걱정 말고 차에서 푹 쉬고 있게나. 뭐든 느긋해야 이루어지는 법이니까."

김무혁은 지윤덕의 등을 툭 치고는 입구로 다가섰다. 요원 하나가 문을 밀었다. 그러자 김무혁은 자연스럽게 문을 함께 밀었다. 문이 허용되는 각도 끝까지.

쭉!

강토는 그 뒤에서 시선을 집중하고 있었다. 문 사이로 내부가 보였다. 둥근 테이블이다.

'하나, 둘, 셋……'

시야에 들어오는 셋은 비어 있었다. 바로 그때, 시야에 한 남자가 들어왔다. 몸통이 비후한 배성광. 그가 구석에서 일어나 김무혁을 맞이하고 있다. 마침 김무혁이 방향을 틀어 강토의 시야를 확보해 주었다. 그 천금의 기회를 뚫고 강토의 매직 뉴런이 날아갔다.

〈지도자〉

그 검색어로 배성광의 기억을 열었다. 해마부터 대뇌피질까지 전부 열었다. 강토의 매직 뉴런은 다른 때보다 조금 거칠게 속도를 내고 있었다.

거기 있었다. 사흘 전 배성광과 지도자가 만난 자리. 평양의 주석궁이었다.

―화해 분위기를 먼저 조성해 주면 핵실험도 중지할 수 있음.

"……?"

지도자의 기억을 찾아낸 강토가 휘청 흔들렸다. 대박이었다. 그러나 아쉽게도 문이 닫혀 버렸다.

"이 대표?"

지윤덕이 강토를 바라보았다. 그의 얼굴에는 땀방울까지 맺혀 있었다.

아쉬웠다. 조금 더 시간이 있었으면 디테일하게 뒤져보련만 가능성만 찾은 게 몹시 아쉬운 강토였다. 아쉬움은 그것만이 아니었다. 이 내용을 김무혁에게 전해야 했다. 하지만 방법이 없었다.

야옹!

그때 골목에서 고양이 한 마리가 걸어나왔다.

'고양이…….'

종이에 적어 고양이를 시킬 수 있었다. 강토는 고개를 저었다. 배성광이 바보가 아닌 다음에야 분위기를 망칠 일이었다. 게다가 배성광이 쪽지를 보기라도 한다면?

파장!

보지 않아도 뻔할 일이다.

'어쩐다?'

생각에 잠겼다. 문수의 염려스러운 시선을 달랠 여유도 없었다. 메모를 하면서 다시 한 번 배성광의 뇌 속 풍경을 생각했다. 다른 사람보다 스트레스 호르몬이 많았다. 그는 북한의 최고위층. 지도자의 복심으로 불린다면 잘나가는 사람이다. 그런 사람이 왜 스트레스가 많은 걸까? 게다가 그는 호인의 얼굴이었다. 통통한 상체에 둥그스름한 얼굴, 거기에 털도 덥수룩해서 푸근해 보이는 인상.

'그런데?'

강토는 고개를 갸웃거리며 은재구의 기억을 불러냈다. 은재구와 만나던 배성광의 얼굴. 오랜 시간이 지난 것도 아닌데 살이 많이 붙었다. 그것도 몸통에만 집중적으로 붙었다.

'게다가……'

김무혁과 악수하던 그. 목 아래로 훤히 드러난 살에 튼 자국까지 있었다. 멍이라도 든 듯 보라색이었다.

'혹시 질병?'

골똘하던 강토가 지윤덕에게 다가섰다.

"의원님."

"성공했습니까?"

지윤덕이 궁금한 건 따로 있는 눈치였다. 강토는 미소를 지어 보이고 질문을 계속해 갔다.

"의사시라기에 하나 여쭐 게 있는데요."

"말씀하세요."

"배성광 말입니다. 제가 뇌파를 겨눠보니 스트레스 호르몬이 확 느껴집니다. 그런데 얼마 전에 본 사진보다 상체에 살집이 무섭게 붙었고 보랏빛으로 튼 살이 엿보입니다. 혹시 무슨 병에 걸린 거 아닐까요?"

"스트레스 호르몬이라고요?"

"예."

"대단하시군요. 뇌파로 그런 것도 나옵니까?"

"그건 그냥 느낌입니다. 기우겠죠? 이 밀담의 성사도 중요하지만 배성광이 건강해야 밀담이 이뤄지더라도 진행에 문제가 없을 것 같아서……."

"잠깐요. 내가 내과 전공이긴 하지만 내분비 쪽은 기억이 가물가물해서……. 아, 생각났습니다."

지윤덕이 고개를 들었다.

"그런 경우라면 쿠싱증후군일 가능성이 높습니다. 몸통에만 살이 찌고 보랏빛 튼 살이 보이죠. 스트레스 호르몬이 과다 분비되는 것도 특징이고요."

"중병은 아닌가요? 호르몬으로 보아 좋지 않을 것 같은데……."

"당연히 안 좋죠. 심혈관이 망가져서 사망할 수 있거든요."

'사망?'

"이 대표, 배성광이 쿠싱증후군이라는 말입니까?"

"혹시 이따가 볼 기회가 생기면 확인해 주시기 바랍니다."

"뇌파 독심은요?"

"일부 성공하기는 했는데… 김 의원님이 중간에 나오실 수 있을지가 관건이군요."

"허어, 이거야 원……."

지윤덕은 조바심을 냈다. 김무혁 덕분에 정치에 입문한 지윤덕. 그의 인간됨을 믿기에 걱정하는 표정도 남다르게 보였다.

30분이 지났다.

1시간이 지났다.

초조한 가운데 식당 문이 열렸다. 그 틈으로 김무혁이 나왔다.

"이야기가 겉돌아서 잠깐 쉬자고 했어요."

강토를 본 김무혁이 입맛을 다셨다. 이야기가 쉽게 진행되지 않은 모양이다.

"의원님."

강토는 매직 뉴런으로 읽은 정보를 김무혁에게 전해주었다. 김무혁의 얼굴이 단박에 상기되었다.

"오호, 역시 이 대표가 아니오?"

"시간이 짧아 더 많은 정보는 읽지 못했습니다."

"아니오. 그렇잖아도 이야기를 빙빙 돌리길래 대체 무슨 꿍꿍이인가 했더니 그런 게 있었군요. 그러니까 우리 쪽에서 모양새를 갖춰주길 바란다?"

"예."

"됐어요. 그런 레시피가 있다면야 서로의 입맛에 맞춰 양념을 쳐볼 수 있지요. 모양새 갖춰주기라……."

"양념으로 적당한 아이템이 있을 수도 있습니다만……."

강토의 시선이 지윤덕에게 넘어갔다. 쿠싱증후군에 대한 진단을 부탁한 것이다.

"진짜 목과 가슴에 보랏빛 튼 살이 있었단 말이죠?"

김무혁의 보충 설명을 들은 지윤덕. 결정적인 조언을 던져놓았다.

"이 대표 말대로 스트레스 호르몬만 뒷받침된다면 배성광은 쿠싱증후군이 분명합니다. 아마 본인은 나잇살이라고 생각할 수도 있는데 방치하면 심혈관이 망가져 사망에 이르게 됩니다."

"그렇게 심각한가?"

김무혁의 눈이 휘둥그레졌다.

"이 대표 말대로 대화의 양념으로 써보시죠. 의학적으로는 뇌하수체 부신의 종양을 떼어내는 수술을 하거나 호르몬을 낮추는 약물도 가능하니까요."

"흐음, 어쩐지 대화 중에 표정이 좋지 않더니만……."

김무혁은 상기된 표정으로 다시 들어갔다.

한 시간이 지났다.

두 시간이 지났다.

그러고도 30분이 더 지나서야 김무혁이 나왔다. 이번에는 배성광도 함께였다. 배성광은 김무혁에게 눈인사를 보내고 차에 올랐다. 차는 미련 없이 떠났다.

"의원님!"

강토와 지윤덕, 문수의 시선이 김무혁에게 향했다.

"야후!"

김무혁은 평소답지 않게 주먹을 불끈 쥐며 참고 있던 환호를 터뜨렸다.

"의원님, 성사되었군요?"

지윤덕이 소리쳤다.

"그래! 쿠싱증후군 덕분이었네!"

김무혁은 들뜬 마음을 감추지 못했다.

"쿠싱증후군이요?"

"다시 재개된 회담에서 그걸 화두로 시작했지. 그랬더니 대화가 부드러워지지 않겠나? 그 자신도 나잇살이 찌는 줄만 알았다더군. 머리도 아프고 짜증도 자꾸 나길래 때늦게 갱년기가 오나 했다나?"

"의원님!"

"건강 이야기로 마음을 열고 이 대표가 말한 카드를 던져 주었네. 그랬더니 자기들이 분위기를 조성할 테니 화답만 하라더군. 그걸 신호로 남북이 잘해보자고."

"오 마이 갓!"

지윤덕은 감격에 겨워 어쩔 줄을 몰랐다.

"저들도 핵 개발로 파산 직전인 모양이야. 적당한 명분이

필요한데 차마 말은 못 하고. 그럴 때 가려운 곳을 긁어주었
으니……."

"축하드립니다."

들고만 있던 강토와 문수도 고개를 숙여 축하를 표시했다.
김무혁, 장철환이 그리던 큰 그림. 그 밑그림이 시원하게 드러
났다. 반면 강토는 짐 하나를 더 더는 순간이었다.

제5장
고래를 삼킨 멸치

"와아!"

"어머, 어머!"

사무실에서 덕규와 세경의 감탄이 울려 퍼졌다. 몰디브의 섬 때문이다. 문수가 기어코 유튜브에 떠도는 영상 하나를 찾아낸 것. 도노반의 초대로 다녀간 휴양객이 찍은 섬의 전경은 파라다이스 그 자체였다. 에메랄드 빛 산호의 바다와 하얀 모래. 푸르게 펼쳐진 정원과 수영장은 맨몸으로 굴러도 아프지 않을 것 같았다.

저택의 디자인도 기가 막혔다. 보기만 해도 들어가고 싶은 구조. 미국 대통령의 휴양지라고 해도 그보다 좋을 것 같지는 않았다.

"대표님, 우리 언제 저기로 다 함께 휴가 한번 가면 안 돼요?"

세경이 물었다.

"왜 안 돼? 꼭 가야지."

"정말요?"

"그럼. 가서 삼겹살도 굽고……."

"에이, 삼겹살은 아니다. 적어도 와규 정도는 구워야지. 아니면 산호초 바다에서 갓 잡은 전기뱀장어를 소스 발라 자글자글……."

덕규는 제가 말하면서도 군침을 흘렸다.

"부실장, 저런 데서라면 랍스터 정도는 구워야지. 거기에 주먹만 한 닭새우를 곁들여서……."

"술은 와인이고요?"

문수의 말에 세경이 장단을 맞췄다.

"으악, 난 와인 싫어. 값만 비싸고 맛은 허접하고. 술 하면 누가 뭐래도 쐬주가 최고지!"

그 장단에 덕규가 초를 뿌렸다.

"어휴, 정말 수준 하곤……."

세경이 당장 눈을 흘겼다.

"아예 날 잡을까요?"

거기서 문수가 강토를 돌아보았다.

"그러지, 뭐. 보너스 삼아."

"어머, 보너스는 지난달에도 주셨는데……."

"계속 받을 자격들 있어."

"대표님……."

세경의 눈이 샤방거리기 시작했다. 이제 그녀도 능숙한 상담자. 그럼에도 불구하고 강토의 파격적인 대우에 늘 고마움을 잊지 않고 있었다.

"세경 씨도 영어 공부 부지런히 해. 그래야 외국 쪽 의뢰를 받아도 문제가 없지."

"그렇잖아도 하고 있거든요. 언제든 상담 테이블에 데려만 가주세요. What do you want? How may I help you?"

세경은 제법 그럴싸한 발음으로 문장을 읊조렸다.

"흐음, 이제 문제는 황 부실장뿐이네?"

문수의 시선이 덕규에게 옮겨갔다.

"내가 뭐요? 나도 영어 잘한다고요. 마이 네임 이즈 황덕규. 하우 올드 아 유? 하우 머치?"

덕규는 억양 없는 발음을 작렬시켜 사무실에 웃음바다를 안겨주었다.

"아 씨, 괜히 웃고들 난리야. 누구는 날 때부터 영어 잘하나?"

"알았으니까 차나 좀 대. 대표님 나갈 시간이야."

시계를 보던 문수가 덕규를 바라보았다. 덕규는 세경을 향해 입술을 삐죽거려 보이고는 밖으로 나갔다.

"이성표 팀장님?"

"예, 혹시 안 올까 봐 눈 빠질지 모르니 조금 일찍 가시죠."

"그러자고."

강토도 자리를 털고 일어섰다.

강토가 내린 곳은 벨로체였다. 원래는 식사 겸 간단히 맥주 한잔을 원했지만 이성표가 부득불 고집을 부렸다.

—선금 냈으니까 알아서 해!

그 말에 강토가 지고 말았다.

"으악, 저도 주시는 겁니까?"

이성표가 양주를 따라주자 덕규는 감동해 마지않았다. 밖에서 대기하는 신세일 줄 알았는데 동석에다 술까지 안겨주니 그럴 만도 했다.

"내가 한잔 쏘겠다고 했잖아. 사실은 이보다 더 좋은 데라도 모셔야 하는 건데……."

이성표가 잔을 들었다. 강토는 문수, 덕규와 함께 잔을 비웠다.

"우리끼리니까 간단히 얘기 끝내고 아가씨들 들이자고. 저기 황 부실장은 목 빠지게 기다리는 눈치인데……."

"아, 아닙니다. 저 괜찮아요."

이성표의 말을 들은 덕규가 손사래를 쳤다.

"이 대표!"

"예!"

"고마워."

"아, 그 얘기는 이제 그만하세요. 어차피 돈 놓고 돈 먹은 거 아닙니까?"

"그래도 그렇게 귀한 직방 소스 주는 게 아무나 할 수 있는 일이야? 한국 부자 놈들이 다 새가슴이라서 많이 못 먹은 게 한이네."

"액수가 약소했나요?"

"나야 배당에 만족하지만 국가적으로 말이야. 결국 미국 놈들만 좋은 일 시킨 거잖아? 보나마나 수 조 긁었을 거야."

"그럴 자격 있죠. 판을 그들이 짰으니까요."

"내 말이 바로 그거야. 우린 왜 그렇게 못 노느냐고? 기껏해야 좁은 안방에서 서로 이전투구나 일삼고. 아, 죽이 되던 밥이 되던 주연을 해야 한 판 땡기든지 말든지 하지. 맨날 글로벌 글로벌 하면서 미국이나 일본, 중국이 벌린 판에 청소나 하러 다니고……."

이성표의 목소리가 올라갔다. 그건 강토도 공감한다. 바야흐로 글로벌 세상이란다. 그런데 무슨 글로벌? 인터넷의 발달로 세계가 가까워지고 해외여행을 자주 한다고 글로벌이 아니었다. 세계 경제시장을 놓고 보면 한국의 글로벌화는 걸음마에 불과했다.

더구나 투자 같은 쪽은 더욱 그랬다. 그 판의 주인공은 여전히 벽안의 외국인이었던 것. 주식을 보라. 판돈 얼마 되지 않는 외국인이 시장을 좌지우지하는 건 어제오늘의 일이 아니다.

"어때, 이번 기회에 우리도 미국으로 진출하는 거?"

이성표의 목소리가 묵직해졌다.

"삼촌도 누가 스카우트 땡기고 있어요?"

옆에 있던 문수가 끼어들었다.

"얌마, 나도 나름 잘나가는 사람이야. 미국은 몰라도 홍콩쪽에서는 오라는 데 있어."

"쳇, 그거 가지고……. 우리 대표님은 더 월드사의 도노반이 사무실 차려준다고 오래도 안 가고 있다고요."

"정말?"

발딱 상체를 세운 이성표가 강토를 바라보았다.

"그렇기는 한데요, 그냥 지나가는 말이었습니다."

강토가 대답했다.

"아니야. 내가 듣기로 도노반은 허튼 배팅은 안 하는 사람이거든. 그 사람이 입을 열었다면 그럴 만한 가치가 있다고 본 거야."

"좋게 봐주셔서 고맙습니다."

"아니… 이건 인사치레가 아니고… 갈 생각은 있어?"

"왜요? 삼촌도 꼽사리 끼게요?"

문수가 다시 물었다.

"나는 좀 끼워주면 안 되냐? 알고 보면 너네 이 대표, 이 바닥에 데뷔시킨 게 난데 말이야."

"그건 맞는 말씀입니다."

강토는 솔직히 인정했다.

"아, 좋아, 좋아. 그건 나중에 갈 때 얘기하기로 하고……."

이성표는 물로 입가심을 한 후 말을 이어갔다.

"방산 건이라는 얘기는 들었지?"

"예."

"지금 방산이 헤쳐 모여 중이야. 자칫 우리 기업들이 손을 떼면 방산이 무너지고 무기를 죄다 수입해야 할지도 모른다고."

"그렇게 심각한가요?"

"세계 방산시장과는 거꾸로 가고 있거든. 우리나라 대기업들, 지금 전부 다 방산에서 손을 털고 있어. 자본 팍팍 지르는 록히드마틴이나 제너럴다이내믹스와는 반대 행보지."

"……."

"거기에 중견 중소기업들도 연구 개발비를 줄이면서 시장 자체가 안갯속에 갇혔어."

"이유는요?"

"방산 비리 때문이지. 원래 방산의 특성상 리베이트는 거의 필수라고 볼 수 있어. 리스크가 항상 노출된 업종이거든. 그런데 최근 방산 비리들이 줄지어 터지면서 방산을 가지고 있는 대기업들이 이미지 추락을 피치 못하게 된 거야. 그들로서는 주력 업종도 아닌데 브랜드가 훼손되는 걸 원치 않으니 방산에서 손을 털려는 거지."

"심각하군요."

"그래서 말이야, 뜻 있는 중견 업체가 그중 하나를 인수하려고 하는데 쉽지가 않아. 저쪽에서는 격이 맞는 회사에게 넘기려고 한단 말이지."

"어디죠?"

"반달 쪽."

"……?"

놀란 강토가 고개를 들었다.

"일단 컨소시엄은 구성해 됐는데 우리 쪽 대표를 저쪽에서 만나주질 않는 거야. 우리 쪽으로 넘기면 인수 합병 과정에서 직원들의 동요와 불만이 클 수 있다는 건데……."

"그렇군요. 자리도 위태롭고 대우와 복지도 손해가 날 수 있다는 생각에……."

"그건 표면적인 이유이고 가장 큰 건 역시 프라이드라네. 일류 기업인 반달이 중소기업 연합체에게 먹혔다는 게 불명예스러운 거지. 고래가 멸치에게 먹혔다는 말 날까 봐 말이야."

"그럼 같이 입질하는 대기업이 있나요?"

"딱 한 군데 있는데 그쪽은 아주 느긋해. 어차피 자기들과 협상할 수밖에 없는 분위기로 생각하니까."

"전에 한 컨설팅과 비슷하면서도 다른 경우로군요."

"맞아. 기억하고 계시군."

"그럼 제가 무얼 해드려야 하나요?"

"거꾸로."

"예? 거꾸로요?"

"이번에는 우리 컨소시엄 대표가 반달의 방산 부분을 인수할 의사와 의지, 능력이 있는지 확인해서 반달 쪽에 전해주는 거야."

"저쪽의 마음이 아니라 이쪽의 마음을 보여준다?"

"바로 그거야. 이 대표의 신뢰도가 높으니 반달 쪽에서 달리 생각할지도 모르지 않나?"

"괜찮은 전략인데요?"

옆에 있던 문수가 말했다.

"짜식, 너만 머리 좋은 줄 아냐? 나도 너랑 같은 유전자 출신인 데다 너보다 먼저 나온 유전자야."

"우와, 진짜 그러네요? 난 삼촌은 잔머리만 발달한 줄 알았는데."

"뭐야?"

이성표가 목소리를 높이자 강토네 일행이 소리 높여 웃었다.

"자자, 이제 얘기 끝났으니까 제대로 달려보자고. 어이, 마담!"

이성표가 마담을 호출했다.

여자가 들어왔다. 기가 막히게 빠진 에이스들이다.

그런데 사람의 마음이란 참 간사했다. 전 같으면 환장하고 피아노를 쳤을 젊은 수컷들. 다들 점잖게 술을 마시는 것이다.

강토는 이유가 있었다.

이제 막 조아인과 뜨거워지는 사이이다. 그녀 외에는 아무도 예뻐 보이지 않았다. 스킨십을 하고 뽀뽀를 하는 정도는 상관없지만 파트너를 쓰러뜨리고 싶은 생각은 없었다. 강토가 그래서 그런 건지, 아니면 이성표가 있어서 그런 건지 덕규도 비교적 얌전했다.

다들 그저 술과 대화로 달렸다. 게임도 하고 벌칙도 받고, 함께 웃고 이야기를 나누며 또 한 밤이 그렇게 깊어갔다.

나흘 후, 강토는 이성표 측의 대표자를 만났다. 대표자의 회사였다. 여기서 셀프 검증을 먼저 하고 반달전자의 임원들을 만날 계획이다. 만약 셀프 검증에서 불합격되면 대기업의 방산 분야 인수는 없던 건이 되는 것이다.

"잘 좀 봐주시오."

대표자는 야윈 눈꺼풀을 닫고 눈을 감았다.

야무지고 두툼한 입술에 윤기가 도는 혈색. 그냥 보아도 열
정이 느껴졌다.

'어디 좀 볼까?'

시크릿 메즈를 시작했다.

그의 기억을 읽어낸 강토가 웃었다. 그는 아무 문제가 없었
다. 그는 방산 하나만을 위해 인생을 바친 사람이었다. 그러
나 중견 기업의 입장이다 보니 한계가 있었다. 그는 사실 대기
업과 적대적이었다. 대기업의 문어발식 확장이 싫었던 것이다.
더구나 방산이었다. 이 사업은 오직 한길로 가야 하는 사업.
그런 차에 대기업의 부업식 진출이 달가울 리 없었다.

그에게는 이번이 기회였다. 이미 미국 GE에서도 전투기 엔
진 부품 기술력을 인정받은 그. 반달의 방산을 인수합병하게
되면 전투기 엔진 부품의 국산화 합작 길을 틀 자신도 있었
다.

그렇기에 이번 기회를 생애 최대의 찬스로 생각하고 있었
다.

'멋진 분……'

강토는 대표자의 기억 속에서 아버지를 엿볼 수 있었다. 오
직 한길로만 가는 사람들에게 다소 인색한 한국 사회. 이런
사람이라면 방산을 거추장스럽게 생각하는 대기업보다 오히
려 한국의 방산을 더 잘 키워갈 것으로 보였다.

멸치!

이성표가 말했다. 이 일이 성사되면 멸치가 고래를 삼키는 일이라고. 이 사람이 멸치라면 고래 한번 삼켜볼 만했다. 강토가 보기에는.

*　　*　　*

"어떻습니까? 도전장 내볼 자격이 있습니까?"

눈을 뜬 대표자가 물었다.

"네!"

강토가 웃었다.

"진짜요?"

"예!"

"어허, 다행이군요."

"방산을 위해 정말 열심히 일해 오셨네요. 성능 테스트를 직접 하시다 부상을 입은 기억에서 감동 먹었습니다."

그냥 해준 말이 아니었다. 그는 모든 제품의 성능 테스트에 참여했다. 덕분에 자잘한 부상도 많았다. 한두 번은 목숨을 잃을 뻔한 적도 있었다. 간부들은 그를 말렸다. 하지만 고집을 꺾을 수 없었다. 방산 제품은 붕어빵 찍어내듯 그냥 만든다고 되는 게 아닌 것. 그게 그의 좌우명이었다.

"우와, 그것까지 알 수 있으시군요?"

대표자가 웃었다.

"워낙 뇌파 감응이 잘된 덕분에······."

강토는 대충 얼버무렸다. 대표자는 그런 걸 자랑으로 삼는 사람도 아니었다.

"그런데 그걸 걸로 감동 먹을 필요 없습니다. 방산은 당연히 그래야 하거든요. 이게 말하자면 우리 자식들 목숨 지키는 일 아닙니까? 허튼 물건을 납품하고 방산업자 욕 먹이는 업자들 보면 내가 속에서 천불이 끓어오르지요. 이게 하다못해 군용 양말 한 짝이라도 제품 가지고 장난쳐서는 절대 안 되는 일이거든요. 아, 막말로 전쟁이 터졌는데 총알이 안 나가보세요? 애들 작업하는데 장갑 구멍이 펑펑 뚫려 손가락 다치면 그거 어떻게 할 겁니까?"

대표자가 목청을 높였다. 그 또한 사실이었다. 그는 방산 기준만은 타협하지 않았다. 오히려 기준 이상으로 견고하게 만들어 퇴짜를 맞은 적도 있었다. 군대가 그랬다. 그럴 바에는 그 원가를 낮춰 자기들 주머니에 넣어달라는 사람들이 있었던 것이다.

C8 새끼들!

저절로 욕을 부르는 인간들이었다.

"3군단 만기 전역한 저로서는 정말 사장님 같은 분이 방산 대표가 되어야 한다고 생각합니다. 군 생활을 하면서 느낀 건 왜 사제품보다 품질이 떨어지나 하는 거였습니다. 진짜 뭐든지 사제품 안 사 쓴 게 없었거든요. 이건 사심 없는 느낌이니 반달전자 분들 만나면 기탄없이 전해드리겠습니다."

"어이쿠, 너무 띄우지는 말아요. 사실 대기업 입장에서 보면 내가 아무리 기고 날아도 다 우스운 거랍니다. 그냥 열심히 하는 인간이다 하는 정도면 충분하죠."

"알겠습니다."

"그럼 얘기 나누고 계세요. 나 업무 체크 좀 하고 갈 준비 하겠습니다."

대표자는 가뜬한 마음으로 회의실을 나갔다.

"어때? 진짜 괜찮은 사람이지?"

묵묵히 지켜보던 이성표가 물었다.

"진짜로 마인드가 제대로 된 분이네요."

"그러니까 내가 물었지. 나도 돈 주는 일이라고 아무거나 물지는 않거든."

"의뢰비도 적당히 받으시면 좋겠습니다."

"이 대표가 뻑 갈 정도면 아예 무료 봉사 할까? 덴시트 때 나를 믿고 제일 먼저 돈 투자한 분이 이분인데……."

"그랬어요?"

"금액은 꼴랑 2천만 원이었어. 그게 이 양반 전 재산이라 네."

"예?"

"그것도 내가 하도 부탁하니까 탈탈 털어서 준 거야. 원래 한눈파는 양반이 아니거든."

"그랬겠네요."

"버는 족족 회사에 투자하니까 남는 게 있겠어? 하지만 워낙 신용이 좋은 분이라 네임 카드로 활용하려고 영입한 거지. 여기 곽 대표님도 투자를 했다는 광고용으로."

"홍보 효과를 노렸군요?"

"뭐, 그런 셈이지."

"그럼 6,000억 모은 출발점이?"

"맞아. 원래 투자자들이라는 게 그렇잖아? 믿을 만한 사람이 끼어 있어야 쉽게 결정을 내리거든."

"그럼 더 조금만 받아야겠네요. 덕망까지 갖춘 기업인이잖아요?"

"어쩌면 이 대표 아버님하고 같은 과라고 볼 수 있지."

이성표가 웃었다.

"아, 말이 난 김에 말인데요, 우리 아버지 분야 쪽 상황 좀 진단해 주세요."

"왜? 문제가 있어?"

"그건 아니고요, 투자를 좀 할까 해서요."

"이 대표가?"

"우리 아버지야말로 일만 아시지 이분처럼 M&A도 꿈꾸지 않으시거든요. 괜찮은 회사 있으면 서로 윈윈하는 범위 내에서 물색해 주세요."

"그쪽 분야에 무슨 소스가 나온 거야?"

"절대 아닙니다."

"그런데 왜 갑자기?"

"저도 자본 좀 생겼잖아요? 효도 겸 투자하려고요."

"이 대표, 혹시 근간 한국 뜨는 거 아니야?"

이성표가 실눈을 하며 물었다.

"예?"

"왠지 내 안테나가 그쪽으로 기울어서 말이야."

"이 팀장님이야말로 미국에 호감 있나 보네요? 괜히 사람 떠보시고……."

강토는 말문을 흐렸다. 그때 이성표의 전화기가 울었다. 곽 대표였다.

"준비되었으니 나오시죠."

곽 대표의 말이 흘러나왔다. 업무 정리가 끝난 모양이다.

"오케이. 그 얘기는 나중에 하고 여기부터 마무리하자고."

이성표가 자리를 털고 일어섰다.

째깍째깍!

시간이 흘러갔다.

"아휴!"

대표자의 한숨이 나왔다.

"에이, 참, 사람들 빡빡하기는……."

이성표도 초조한 기색이다. 강토는 시계를 보았다. 반달전자의 임원을 찾아온 지 한 시간 반이 지나고 있었다. 곧 올라올 거라는 전갈만 올려준 그들은 아직 코빼기도 보이지 않았다.

'틀린 건가?'

강토는 허공을 보았다. 임을 봐야 뽕을 따지. 뻔한 말들이 머릿속을 돌아다녔다.

'송 부사장님······.'

호인인 그의 얼굴이 스쳐 갔다. 그러면 인수 제의를 거절할지언정 이렇게 진을 빼지는 않을 것 같았다. 그렇다고 뾰족한 수도 없었다. 반달은 이쪽과 M&A를 할 생각이 없는 상황. 이렇게 쳐들어온 것도 결의를 보여주기 위한 일이지 반달에서 잡은 약속도 아니었다.

"안 오려나?"

대표자가 독백처럼 중얼거렸다.

"그럴지도 모르죠."

이성표도 비슷한 목소리를 냈다.

다시 20분이 지났다. 그제야 복도에서 발소리가 났다. 오래 기다리다 보니 귀가 저절로 쫑긋 섰다. 문이 열렸다. 상무이사가 부장의 호위를 받으며 묵직하게 들어섰다.

"인수 제의를 하러 오셨다고요?"

상무가 상석에 앉았다. 그는 늦어서 미안하다는 말도 하지 않았다.

"저희 서류는 검토해 보셨는지요?"

바른 자세의 대표자가 물었다.

"그 문제에 대해서는 이미 답변을 드린 걸로 아는데요?"

예상대로 차가운 반응이 나왔다.

"한 번만 다시 생각해 주시죠. 저희에게 맡겨주시면 반달의 기업 정신을 훼손하지 않으면서 그 분야 최고로 우뚝 설 자신이 있습니다. 아시다시피 저희는 미국 GE에서 기술력을 인정받은⋯⋯."

"됐어요. 그 얘기는 더 이상 꺼내지 마세요. 괜히 남들이 보면 물밑 협상이라도 진행되는 걸로 오해합니다."

"상무님!"

"기다린다기에 예의상 잠깐 들렀습니다. 저는 본사에서 중요한 분이 오시기로 되어 있어서 이만⋯⋯."

"상무님, 잠깐만요."

"⋯⋯?"

일어서던 상무가 대표자를 돌아보았다.

"이분 아시죠? 유명한 삐 컨설팅의 이강토 대표십니다."

"이강토 대표? 그러고 보니⋯⋯?"

미간을 구긴 상무가 거칠게 말을 이었다.

"이 양반들, 이제 보니 저 사람 시켜서 내 속내를 털어보려던 거였소?"

"아닙니다. 그게 아니고 제가 상무님 앞에서 검증을 받으려고……."

"뭐요?"

"헛된 공명심이 아니라 진짜 반달의 방산 부분을 얼마나 원하는지 보여드리고 싶어서 청해 왔습니다."

"내가 아니고 당신을?"

상무의 눈자위가 구겨졌다. 그때 상무의 전화가 울렸다. 상무는 대표자를 쏘아보던 눈을 거두고 전화를 받았다.

"죄송합니다, 송 부사장님. 곧 가겠습니다."

상무는 정중히 통화를 끝냈다.

"혹시 그 부사장님이 본사의 송 부사장님이십니까?"

잠자코 있던 강토가 상무에게 물었다. 그런 것 같은 예감이 든 것이다.

"그렇습니다만."

"혹시 여기 와 계십니까?"

"그렇습니다만."

"죄송하지만 그분을 좀 뵐 수 있을까요?"

"어허, 이 사람들이 부사장님 알기를……."

"정 그러시면 제가 연락할 테니 잠깐만 기다려 주십시오."

강토가 전화를 꺼냈다. 상무는 나가지 못했다. 멀지 않은 곳에 있던 송 부사장이 회의실 문을 열었기 때문이다.

"이 대표!"

그는 상무보다 강토를 먼저 불렀다. 강토가 일어나 꾸벅 인사를 했다. 회의실의 분위기가 미묘하게 흘러가기 시작했다.

"그러니까 이 대표께서 저기 곽 사장님의 의지를 뇌파 검증 하셨다?"

상석에 자리한 송 부사장이 물었다. 오늘 그가 온 것 또한 인수합병 건에 대한 그룹 내 입장 전달을 위한 자리. 상무는 그 옆에서 바짝 얼어 있었다.

"그렇습니다."

"그리고 최적의 적임자로 나왔다?"

"예!"

"확신하시나요?"

"예!"

"문 상무!"

송 부사장이 상무를 바라보았다.

"예, 부사장님!"

"회장님께 보고한 이후로 상황이 변한 게 있나?"

"그게 저희가 이제 분위기 조성 차원이라서……."

"송산그룹에서는 여전히 미온적으로 미적거리는 모양이 군."

"가격을 낮추기 위한 포석 아니겠습니까?"

"그럼 이분들은 우리 입장에서 보면 구세주이시군."

"예?"

"보고서 봤더니 송산에서는 배짱을 튕겨도 자기들에게

M&A 제의가 올 것으로 판단하는 것 같던데?"

"그래서 저희가 분위기를 조성 중입니다만……."

"어떻게 말인가?"

"……."

상무는 대답하지 못했다. 방산은 진출한 기업 자체가 적었다. 더구나 굴지의 반달 쪽에서 접으려는 사업이니 보니 웬만한 기업이 앞뒤 가리지 않고 뛰어들 리가 없었다.

"그렇잖아도 오면서 회장님과 이 건에 대해 의견을 나누어 보았네."

"……."

"회장님 생각은 탐탁지 않은 눈치였네. 우리가 송산의 눈치를 봐야 하느냐고 말이야."

"죄송합니다."

"그걸 역으로 생각하면 어떨까?"

"역이라면?"

"이 일을 맡은 문 상무가 생각하는 건 우리 기업에 대한 위상이겠지. 그래서 중견 기업 컨소시엄은 무조건 반대. 대반달이 어떻게 구멍가게에게 회사를 넘길 수 있느냐 이거 아닌가?"

"저는 그룹의 이미지를 위해서……."

"그러니까 역으로 생각해 보자는 걸세. 중견 기업의 활로를 터주기 위해 통 크게 밀어주었다. 어떤가?"

"부사장님?"

"하핫, 내 말은 여기 곽 사장님 쪽과 무조건 M&A를 하라는 게 아닐세. 다만 생각을 바꿔 동등한 입찰 자격을 준다면 송산의 코도 누르고 중소기업을 존중하는 반달로 인식되지 않을까 싶은 거지."

"……!"

상무의 얼굴이 굳는 게 보였다. 하지만 그건 시작에 불과했다. 부사장의 남은 말이 더 압권이었기 때문이다.

"그런데 이걸 어쩌나? 여기 곽 사장님은 이미 이강토 대표를 영입했잖나? 아무리 송산 쪽 팀이 시스템이 좋다고 해도 이 대표에게 상대가 될까?"

"……?"

"우리 상무께서 너무 눈앞의 일에만 골몰한 것 같은데… 잊었나? 여기 이 대표, 우리 반달의 중국대첩도 저 머리로 풀어주었고 정부의 골칫덩어리 대풍 쏠라도 해결책을 찾아주었는데……."

"……?"

"상무께서는 이 분야에만 있다 보니 송산이 크게 보이시는 모양인데 송산이 내가 앞서 말한 중국의 양하오나 미국의 더월드사에 비할 수 있을까? 그런 관점에서 보면 이미 답이 나온 것 같은데?"

"……!"

쩌적!

그제야 상무의 뇌에 빗금 가는 소리가 들렸다. 가히 명언이었다. 이 회사를 인수합병 후보에서 제외하면 모르되 싸움을 붙인다면 강토가 밀리지 않을 일이었다.

*   *   *

"곽 사장님!"

빙그레 미소를 머금은 부사장이 대표를 바라보았다.

"예, 말씀하십시오."

"내 생각이 어떻습니까?"

"그, 그렇게만 해주신다면……."

"해드리면 송산보다 얼마를 더 쓰실 겁니까? 만약 이 대표가 그쪽 액수를 알아봐 준다는 가정 하에."

"마음 같아서는 한 100억 더 쓰고 싶지만 그건 기술 개발에 투자하고 딱 2억만 더 쓰겠습니다."

"이유도 들을 수 있을까요?"

"저희 같은 중소기업을 이해해 주신 부사장님께 1억, 또한 상무님께 1억입니다."

"하하핫, 그럼 우리 문 상무와 내가 반달에 1억씩 벌어준 거로군요?"

"죄송합니다. 많이 쓰지 못해서."

"아닙니다. 만약 당신이 한 50억 더 쓰겠다고 했다면 실망했을지도 모릅니다."

"예?"

"곽 사장님 회사의 재무 상태는 저도 대충 알고 있습니다. 그런데 기분에 좌우되어 입찰액을 올리는 사람이라면 저기 이 대표가 돕는다고 해도 미래를 믿을 수 없는 일이지요."

"……!"

"그러나 2억이라면 당신 입장에서 알맞은 성의를 보여준 금액입니다. 그게 마음에 드는군요. 그렇기에 저기 이 대표가 당신을 미는 것이겠지요."

"부사장님……."

"됐습니다. 곽 사장님 마인드라면 우리 방산을 제대로 키울 것 같습니다."

부사장이 웃었다. 몇 마디 되지 않지만 묵직한 경험과 판단이 담긴 말. 강토는 이따금 전율까지 느낄 정도였다. 상무하고는 확실히 차원이 다른 사람이었다.

"고맙습니다. 기회만 주시면 뼈를 깎아서라도 대한민국 방산을 세계적 기업으로 만들겠습니다."

"문 상무!"

다시 상무를 바라보는 송 부사장.

"예!"

"나랑 내기 하나 할까?"

"무슨……?"

"송산의 협상 파트너에게 전화를 거시게."

"지, 지금요?"

"그래. 걸어서 지금 이 상황을 그대로 전하시게. 우리 반달 중견 업체 컨소시엄에게 인수합병 자격을 주기로 했다. 거기 곽 사장이 삐 컨설팅 이강토 대표를 영입했다더라."

"……?"

"나는 송산이 바로 손 든다에 걸지. 지는 사람이 대포 한잔 사는 걸세."

"부사장님……."

상무의 몸서리치는 게 얼굴에까지 고스란히 드러났다.

송 부사장은 시선을 거두지 않았다. 결국 상무가 전화를 걸게 되었다. 답은 당장 나오지 않았다. 하지만 오래가지 않았다. 다시 걸려온 전화에서 그런 조건이라면 송산은 인수합병 의사가 없다는 의견을 개진해 온 것이다. 그들 또한 '중소 업체' 따위와 동등한 취급을 받고 싶지 않다는 걸 이유로 내세웠다.

"내가 이긴 것인가?"

송 부사장이 상무에게 물었다.

"그런 것 같군요."

"자, 그럼 내가 온 목적은 달성한 것 같으니 그만 가봐야겠군. 실무적인 것은 상무께서 알아서 하시고……."

쐐기를 박은 부사장이 강토를 돌아보며 말을 이었다.

"이 대표는 나랑 얘기 좀 할 수 있을까요?"

"고맙습니다! 고맙습니다!"

대표자와 이성표는 허리가 부러져라 인사를 잊지 않았다.

"이 대표!"

주차장으로 나온 이성표가 목청을 높였다.

"잘못하면 우시겠어요?"

"울면 어때? 이거 울어도 될 일이야. 멸치가 고래를 삼킨 거라고. 안 그렇습니까, 곽 사장님?"

"그럼요. 이 대표, 진짜 대단하군요. 이건 마치 초월자 같지 않습니까? 등장만 하면 모든 일이 해결되는… 진짜 슈퍼맨입니다."

대표자도 감격을 숨기지 않았다.

"아직 결정된 것도 아니잖아요? 두 분 다 마음 단단히 가지고 실무적인 협상에 대처하시면 좋겠습니다."

"어이쿠, 역시 대가는 다르시군. 벌써 거기까지 생각하고 계시다니……."

강토의 말에 대표자가 이마를 치며 웃었다.

"그럼 먼저들 가세요. 저는 부사장님 뵙고 사무실로 가겠습니다."

강토가 차를 가리켰다.

"알았습니다. 일 마무리되면 제가 술 한잔 거하게 사겠습니다."

대표자는 정중히 허리를 조아린 후 차에 올랐다.

자리를 옮긴 강토는 송 부사장과 독대를 했다. 복집이었다.
투명한 복회는 한없이 정갈해 보였다. 복회는 미나리와 함께
먹는다. 미나리가 혹시 모를 독을 해독하는 기능이 있기 때문
이다.

"그러고 보니 이 대표가 미나리로군요."

회를 한 점 말아 든 송 부사장이 입을 열었다.

"미나리라고요?"

"아주 요긴하지 않습니까? 해독작용을 하는 미나리처럼 사
회적 비리와 부패를 없애는 데 일조하시고……."

"과찬입니다."

"아니에요. 회장님도 가끔 이 대표 얘기를 하십니다. 같이
일하고 싶은 사람이라고……."

"말씀만 들어도 고맙군요."

"원래는 날더러 이 대표 스카우트를 고려해 보라는 지시도
하셨습니다."

"……?"

"연봉은 그룹 사장급 대우로……."

"……!"

회를 집던 강토가 젓가락을 멈췄다. 반달전자, 구멍가게가

아니다. 그곳의 사장 대우라면 어마어마한 연봉을 받는다. 적어도 50억 이상은 거뜬할 것이다.

"나도 마음은 굴뚝같은데 국내에서는 쉽지 않을 일이더군요. 이유는 이제 이 대표께서도 잘 아시죠?"

부사장이 차분한 시선을 들었다. 그걸 본 강토가 가만히 웃었다.

반달전자!

세계적 기업이라지만 빛이 강해 그림자도 있었다. 그렇기에 국내에 적도 많았다. 그런 차에 강토를 영입하면 그 시기와 질타는 더욱 심해질 것이다.

"나아가 어쩌면 이 대표의 가능성을 제한하는 일 같기도 했고요."

"저를 그렇게까지 평가해 주신 것만으로도 고맙습니다."

"하지만 우리는 앞으로 계속 이 대표와 관계를 갖기를 희망합니다. 사실 오늘 방산 결정도 그런 맥락에서 대안을 드린 거고요."

"······!"

"그래봤자 '더 월드사'의 도노반에 비하면 조족지혈 아니겠습니까?"

"그것도 알고 계시는군요?"

강토가 물었다.

"기분 나쁘시다면 미안하게 생각합니다. 하지만 기업 활동

또한 전쟁 못지않기에 세계적인 동향은 다 체크하고 있거든
요. 더구나 이 대표이기에 이 대표가 관여하는 것 같은 일은
빠지지 않고 챙겨 보고 있습니다."

"예."

"요즘 내가 가끔 꾸는 가장 큰 악몽이 뭔 줄 압니까?"

"글쎄요."

"바로 이 대표입니다."

"……."

"어느 협상장에서 이 대표와 상대방으로 만나는 것 말입니
다. 생각만 해도 등골이 오싹하지요."

"별말씀을……."

"청와대가 나선 대풍 쏠라 역시 이 대표님 덕분이었겠죠."

"오늘 부사장님 케이스와 비슷한 일이었습니다."

"그럼 저도 리베이트 하나 청해도 되겠습니까?"

"러시아 건입니까?"

"오, 그거 기억하고 있습니까?"

"말씀하시죠. 저도 은혜를 모르는 사람은 아니니."

"어이쿠, 이렇게 나오시니 내가 몸 둘 바를 모르겠군요. 괜
히 생색이나 내려는 자리 같아서……."

"좋은 분이라는 거 아니까 괜찮습니다."

"그럼 말씀드리죠. 이게 저쪽에서 예정보다 빨리 제의를 해
와서 말입니다."

"어떤?"

"우선 이 지도 좀 보시겠습니까?"

부사장이 러시아 지도 한 장을 펼쳐 보였다. 극동 쪽이다.

"여기가 바로 자바이칼스키입니다."

'자바이칼스키?'

"극동 러시아의 광활한 황무지죠. 중국과 국경을 맞대고 있는, 그 면적만 해도 서울의 몇 배가 되는 곳입니다."

"……."

"원래는 우리가 바이오산업용으로 장기 임대를 하려고 추진 중이었는데 중국 측에서 선수를 쳐서 포기하고 있는 차였어요. 그런데 러시아 중앙정부에서 그 땅의 임대를 반대하는 통에 중국도 손을 들고 말았죠."

"예."

"그래서 상황을 알아보던 중인데 그쪽 주지사 측에서 돌연 접촉이 들어왔습니다. 협의할 생각이 없느냐고."

"……."

"이번에 열리는 국제 엑스포 때 러시아 측 일원으로 들어오기로 했는데 이 대표의 능력을 한 번 더 빌려주기를 청합니다. 그들이 왜 우리를 파트너로 삼았는지, 원하는 것은 무엇인지."

"그거면 됩니까?"

"러시아와의 계약은 그들 나라의 정치적인 문제도 있는 데다 계약 자체가 신중한 일이라……."

"국회 검증 일정과 겹치지만 않으면 괜찮습니다."

"고맙습니다. 아직 국회 일정은 안 나온 것 같으니 일정이 나오기 전에 우리가 먼저 스케줄을 잡겠습니다."

송 부사장이 힘주어 말했다.

강토는 송 부사장을 먼저 보냈다. 그는 창문을 열고 한동안 강토에게 손을 흔들어주었다.

"좋은 얘기 나누셨습니까?"

그때까지 차 신세를 지고 있던 문수가 말했다.

"응. 전에 언질 준 러시아 쪽 일 말씀하시네."

"또 대형 의뢰로군요?"

"그렇겠지?"

"이야, 오늘 운 좋은 날 같은데요?"

"식사는 했어?"

"그럼요. 저도 복국으로 위장 좀 호강시켰습니다."

"운 좋은 날은 맞아. 부사장님 아니었으면 방산도 물 건너 갔을 거야. 아까 상무 반응으로 봐서는 무조건 배제였거든."

"하긴 칼자루 쥔 사람이 아니라면 아닌 거죠, 뭐."

"다행이야. 이 팀장님께도 면이 서고."

"그러고 보니 우리 삼촌이야말로 행운아군요. 대표님 만나서 매번 대박 치고 있잖아요?"

"삼촌한테 잘해. 우리 아버지 미래를 좌우하실 분이거든."

"그 분야의 M&A 부탁하셨어요?"

"우리 아버지라고 우물에서만 놀 수 없잖아? 이제 중국에도 본격 진출하신다는 데 규모도 조금 키워야지."

"걱정 마십시오. 제가 날마다 쪼겠습니다. 밤잠도 자지 말고 대표님 도우라고."

"다그치지 않아도 그렇게 하실 거야. 그만 사무실로 갈까?"

"그러죠. 타십시오."

문수가 벤츠 뒷좌석 문을 열어주었다. 운전석에 앉은 문수는 출발 전에 습관적으로 뉴스를 검색했다.

"엇!"

그러다 소스라치는 문수.

"왜 그래? 또 대형 사고라도 터졌어?"

"예, 진짜 초대형 사고가 터졌습니다."

"무슨?"

"보시죠. 서해 NLL에 대형사고가 나서 남북 해군 함정들이 새카맣게 몰려들고 있답니다."

'서해 NLL?'

새카맣게 몰려든 남북 함정들.

그렇다면 서해에서 전시급 교전이라도 일어났단 말인가?

서해 해상 빅뉴스는 북한 순시선의 침몰이었다. 북한군 20여

명을 태운 순시선. 북방한계선 인근의 어로 작업을 점검하러 나왔다가 엔진에 이상이 생겼다. 순시선은 제어할 수 없을 속도로 달렸다. 엔진이 과열되면서 불까지 붙었다. 선원들이 불길을 잡으려 애쓰는 사이에 배가 남측 수역에 닿았다.

우리 함정들은 이미 그 광경을 보고 있었다. 함정에서 경고 방송을 했지만 답변이 돌아오지 않았다. 순시선이 시야에 들어왔을 때는 이미 절반 가까이 침수된 후였다. 속도는 이제 거의 없었다.

"구조!"

지시가 떨어졌다. 해군 병사들은 총을 내려놓고 구조에 나섰다. 몇몇 병사는 소화기를 들고 순시선에 올랐다. 번지는 불을 끄며 북한군을 구출했다. 물에 뛰어든 자들 역시 해군이 놓치지 않았다. 북한 함정들이 몰려왔다. 한국 해군 함정도 몰려왔다. 그들 사이에는 불타는 북한 순시선, 그리고 거기서 북한군을 구하는 한국 해군 병사들이 있었다.

숨 막히는 대치.

다행히 북한 함정은 NLL을 넘어오지 않았다. 겨누고 있던 총도 발사하지 않았다. 순시선은 30여 분 후에 완전히 가라앉아 버렸다.

북한군을 구한 한국 함장이 뱃머리에 서서 저편 배를 향해 손을 흔들었다. 북한 함정 한 대가 천천히 다가왔다. 함장은 구출된 북한군의 인수 의향을 물었다. 저쪽에서 오케이 응

답이 왔다. 배를 바짝 붙인 해군 함정은 부상자들을 한 명씩 인계시켰다. 마지막 환자는 선내에서 응급처치까지 끝낸 후였다. 붕대를 감은 북한군은 북한 함정에 오르자 한국 함정을 바라보았다.

척!

북한 함정의 함장이 거수경례를 보내주었다. 자기들 병사를 구한 데 대한 고마움의 표시였다. 한국 함장도 경례로 인사를 받았다. 양측의 함정은 일촉즉발의 대치를 풀고 작전 위치로 돌아갔다. 누구든 실수로 한 발이라도 쏘았더라면 엄청난 비극을 초래할 수 있는 상황이었다.

방송은 난리가 났다. 외신들도 그랬다. 지구상 마지막 분단 국가, 동시에 엄청난 군사력을 가진 남한과 북한의 대치. 그건 언제나 빅뉴스가 되기에 부족함이 없었다.

화면에 우리 측 병사들이 나왔다.

"당시 상황 설명을 부탁합니다."

묻는 기자는 송재오였다. 그새 NLL이 가까운 해군기지까지 달려간 모양이다.

"처음에는 어리둥절했습니다. 자폭을 하려고 달려오나 했지요."

일병이었다. 군기가 바짝 든 병사는 당시의 상황을 계속 전해주었다.

"그런데 자세히 보니 북한군이 불을 끄려고 안간힘을 쓰는 게 보였습니다. 순간적으로 화재로 생각하고 상황을 예의 주시하고 있었는데 인도적인 차원에서 돕는 게 옳지 않나 생각했습니다."

다음은 함장 차례였다.

"비록 적이지만 소중한 생명입니다. 도발하면 무조건 박살이지만 위기에 처한 상황이기에 구조 명령을 내렸습니다."

화면은 계속 이어졌다. 북한군을 인계하는 장면도 나오고 대치를 풀고 돌아가는 함정들도 나왔다.

"으아, 한 따까리 제대로 할 뻔했네!"

덕규가 사무실 소파를 치며 소리쳤다. 강토네 직원들은 소파에 모여 있었다. 듣지 않을 수 없는 뉴스였다. 사무실에 들어서기 무섭게 방송부터 체크한 강토였다.

"진짜 다행이네요. 저 순시선이 그대로 우리 함정을 들이박기라도 했다면?"

덕규는 절레절레 고개를 저었다.

"꼭 상상을 해도……."

세경이 핀잔을 날렸다.

"아, 그게 무슨 상상이야? 남북 함정이 저렇게 몰려들었는데. 그거 얼마든지 가능한 일이라고."

"쳇, 전쟁 나는 게 좋아요?"

"누가 좋대? 말이 그렇다는 거지."

덕규가 슬며시 꼬리를 내렸다.

"웬일이야, 황 부실장?"

문수가 물었다.

"뭐가요?"

"져주니까 이상하잖아? 그런 건 서로 좋아하는 사람들이 펼치는 애정신공인데?"

"아, 진짜… 좋아하긴… 누가 누굴 좋아한다고 그래요?"

불뚝 쏘아붙인 덕규가 복도로 나갔다.

강토는 회의실로 들어섰다. 문수가 따라 들어왔다.

"어때?"

의자를 당기며 강토가 문수를 바라보았다. 다소 심각한 표정이다.

"조금 냄새가 나는데요?"

"그렇지?"

"하지만 우연의 일치일 수도 있습니다. 보도에 나온 것처럼 북한 순시선이 워낙 낡은 것이라……."

"오비이락이다?"

"뭐 대표님 짐작이 맞으면 다행이고요."

"나가봐."

"예!"

문수는 예를 갖추고 문을 나갔다.

'북한 순시선 병사들 구조라……'

강토의 손가락이 테이블을 토닥거렸다. 감이 온 건 사실이다. 감이 맞는다면 김무혁과 배성광의 밀담이 계획대로 진행되고 있다는 방증일 터.

'봉황이 뜬다!'

강토는 확신하고 있었다.

제6장
러시아에서 온 특사들

그날 저녁 강토는 아인을 만나러 방송국으로 향했다. 덕규
도 떼어놓았다. 대신 페라리를 빌려주었다. 덕규는 입이 찢어
져라 좋아했다.

방송국 앞에는 사람들이 많았다. 팬들이 누군가를 향해 몰
려들고 있었다.

'윤선아?'

강토도 아는 얼굴이었다. 효녀로 이름난 K—퀸킹의 돌풍.
그녀가 녹화를 끝내고 나오는 모양이다.

"윤선아!"

"윤선아!"

인도 가득 몰려든 팬들이 그녀를 연호했다. 아직 정식 가수도 아닌 소녀. 그런데도 구름 같은 팬을 몰고 다닌다. 그녀의 노래는 과연 마력이 있는 모양이다.

"강토 씨, 좀 늦었어요!"

잠시 후에 아인이 나왔다. 채 국장과 둘이었다.

"안녕하세요?"

강토가 채 국장에게 인사를 했다.

"흐음, 오늘도 두 사람이 전략회의?"

채 국장은 알면서도 모른 척 강토의 체면을 살려주었다.

"국장님도 참석하실래요?"

거기다 장단을 맞추는 아인.

"No, 나는 간만에 동창회가 있어서 말이야. 빠지면 벌금이 20만 원이거든."

채 국장은 손사래를 치며 차에 올랐다.

"윤선아 아세요?"

아인이 뒤쪽을 보며 말했다.

"모르면 간첩 아닌가요?"

"하긴. 어제오늘 북한 때문에 아주 정신이 없어요."

"북한 동향 분석 나왔습니까?"

"어머, 모르셨어요? 조금 전에 북한에서 성명을 발표했는데."

아인이 파뜩 고개를 들었다.

"성명?"

강토도 바로 집중 모드로 돌입했다.

"그것 때문에 뉴스 시간이 좀 길어지는 바람에 늦었잖아요."

"뭐라고 나왔는데요?"

"글쎄요, 원래는 또 무슨 생트집으로 나오지 않을까 했는데 이례적으로 고맙다는 인사를 해왔어요."

"……?"

"뜻밖이죠? 인도적인 차원의 구조에 감사한다는 내용인데 발표하는 북한 아나운서도 밝은 표정이더라고요."

"그래요?"

"우리 정부에서도 고무적으로 보고 있어요. 이번 사고를 기회로 잘하면 얼어붙은 남북관계에 훈풍이 불 수도 있을 것 같아요."

"잘된 건가요?"

"그렇죠, 뭐. 언제까지 대결만 하며 살 수는 없잖아요?"

"그렇군요."

"아, 이럴 때 우리 강토 씨를 북한에 특사로 보내면 그쪽 지도자의 속내를 다 읽어올 텐데……."

"됐습니다. 북한은 별로 가고 싶지 않거든요."

"왜요? 모란봉 공연단 아가씨들 몸매가 기가 막힌다던데."

"나는 아인 씨 하나도 감당하기 힘들거든요."

"거짓말."

"참말!"

설전(?)을 주고받고 있을 때 윤선아가 가까워졌다. 그녀의 트레이닝을 맡은 기획사의 밴이 이쪽에 있었다.

"얘, 윤선아!"

아인이 선아를 불렀다.

"어머, 앵커 선생님!"

윤선아가 반색을 했다. 둘은 이미 구면인 모양이다.

"뉴스 시간에 내가 인터뷰한 적이 있어요. 선아야, 여기 이분 알아? 유명하신 분인데……."

아인이 강토를 바라보며 물었다.

"기자님이세요?"

"어머, 얘가 이렇다니까. 아는 건 노래하고 제 아빠밖에 모르지. 이분이 바로 그 유명한 이강토 대표님이셔."

"이강토 대표님요?"

선아가 고개를 갸웃거렸다. 뒤에 있던 기획사 직원이 귀엣말을 해도 마찬가지였다. 그녀는 확실히 강토를 몰랐다.

"왜 그래요? 나야 윤선아 인기도에 비하면 태산의 티끌이지. 만나서 반가워요. 나도 팬이거든요."

강토가 말하자 선아도 밝게 응수했다.

"안녕하세요?"

"우리 세경 씨가 윤선아라면 사족을 못 쓰는데 사인 한 장

부탁해도 될까요?"

"그럼요. 어디다 해드려요?"

강토는 차를 열고 종이 한 장을 꺼내주었다. 선아는 보닛에 종이를 놓고 정성껏 사인을 했다.

"사인이 못생겼어요."

종이를 내밀며 얼굴을 붉히는 선아.

"꼭 우승해요. 아버지께서도 쾌차하시길 빌게요."

강토는 진심으로 그녀를 응원했다.

"애가 참 순수하죠?"

선아의 밴이 멀어지자 아인이 말했다.

"그러네요."

"아주 보물 같은 아이예요. 그야말로 노래의 신이라고나 할까? 저 친구 때문에 사라 브라이트만 인기가 떨어질 지경이라니까요."

"선아가 한국인이어서요?"

"그걸 자부심으로 아는 친구라서 더 대견한 거 같아요. K—퀸킹 스텝들도 저 친구 우승은 확정된 걸로 보고 있더라고요."

"흐음, 주최 측이 사심을 가지면 안 되는데……."

"이건 주최 측의 농간이 아니고 실력이라고요. 다들 누가 결승에 가느냐보다 저 친구가 무슨 노래를 발표하느냐에 촉각을 세우고 있으니까요."

"아무튼 타시죠. 수고하신 아인 씨에게 샐러드라도 대접해야겠네요. 더구나 윤선아 사인까지 받아줬으니……."

"좋아요. 어디 운전 실력 좀 볼까요?"

강토가 문을 열어주자 아인이 차에 올랐다. 운전석으로 돌아갈 때 전화기가 울렸다. 장철환이다.

"이 대표?"

"장 고문님!"

"방금 속보 봤나? 북한에서 발표한 성명."

"방송국에서 실황으로 봤습니다."

강토가 웃으며 대답했다.

"자세히는 말할 수 없지만 한 가지만 알고 있게. 일이 잘되고 있다네."

"다행이군요."

"정말 수고했네."

"별말씀을요."

전화가 끊겼다. 기분이 더 좋아졌다. 이제 김무혁의 대선 후보 부상은 시간문제였다. 그는 슬슬 새날당부터 휘어잡을 것이다. 마침내는 당권을 장악하겠지.

'그런 다음에는…….'

강토는 바랐다. 그보다 더 좋은 후보가 없는 한 그가 대한민국을 이끌어주기를. 그리하여 숙성된 한국인의 능력을 세계 만방에 발휘할 기회를 만들어내기를.

부릉!

시동은 솜사탕처럼 달콤하게 걸렸다.

"출발!"

강토에게 어깨를 기댄 아인이 말했다. 그녀의 향수 또한 솜사탕 못지않게 달콤하기만 했다.

이성표가 좋은 소식을 가지고 왔다. 강토 아버지 회사에 대한 건이었다.

"기막힌 물건이 하나 나왔어."

회의실에 들어선 이성표가 자료를 내놓았다. 아버지의 동종 기업, 그러나 사주가 도박에 빠지면서 배임 및 횡령으로 수사를 받는 기업이었다. 사장의 도박은 사실로 드러났다. 아들이 대타로 앉았지만 기업을 정상화시키기에는 역부족인 상황이었다.

"200억이면 거둘 수 있을 것 같은데, 생각 있어?"

이성표가 물었다.

200억!

거액이다. 그러나 이제 강토에게는 거액이 아니었다.

"컨설팅 비는 5% 드릴게요. 조건 좋은 쪽으로 추진해 주세요."

"5%? 그건 안 돼!"

이성표가 고개를 저었다.

"그럼 7%요?"

"아니, 열정 페이!"

"예?"

"이거 왜 이래? 나도 이 대표한테 인심 한번 써보자고."

"마음이면 됩니다."

"됐거든. 나는 뭐 양심도 없는 줄 알아?"

"별장 주셨잖아요?"

"그게 뭐 대수야? 이 대표가 나한테 안긴 게 얼마인데?"

"그거야 이 팀장님 능력이지요. 어차피 다른 사람이라면 내 말 듣지도 않았을 텐데요, 뭐."

"모르는 소리. 지금 이 대표가 거리에 나가서 나팔 불어봐. 한국은행 총재도 금고 싣고 달려올걸."

"그럼 3%로 하세요!"

"됐어. 사람 마음 몰라줄 거면 차라리 없던 걸로 하자고."

이성표가 뚱한 표정으로 서류를 챙겼다.

"이 팀장님!"

"사람이 그렇게 기분을 몰라? 아, 개차반 우리 문수 자식 사람 만들어서 능력 발휘하게 해, 나한테도 거액을 안겨줘. 그럼 나도 뭐 좀 기여하게 해야 마음이 편할 거 아냐?"

"……."

"에잉!"

"알았어요. 그럼 마음대로 하세요."

"진짜지?"

이성표의 인상이 단숨에 펴졌다.

"난 또 돈 더 준다는 데도 싫다는 사람은 처음이네요."

"됐고, 내가 오늘 당장 가서 간을 볼게. 이거 현금 한 20억 들고 가면 즉빵 도장 찍을 거야. 당장 결재 자금이 부족한 눈치였거든."

"자금 입금해 드려요?"

"일단 내가 내고 계약서 도장 받으면 말할게. 괜히 번거롭게 굴지 말자고."

"좋아요. 대신 이번 거래만 팀장님 마음대로 하는 겁니다?"

"오케이!"

"일 성사되면 문자라도 주세요. 아버지께는 제가 말씀드릴게요."

"그거야 당연하지. 나는 이 대표 부자의 돈독한 정을 공치사로 막을 생각이 전혀 없거든."

"고맙습니다."

"괜한 소리 말고 아버지하고 약속이나 잡으라고. 이건 이 이성표가 목숨 걸고 성사시킬 테니까."

이성표는 휘파람을 불며 나갔다.

"대표님!"

이성표를 배웅한 문수가 들어왔다.

"가셨어?"

"그냥 편하게 허용하시지 그랬습니까?"

"누군 돈 아까운 줄 몰라? 하지만 이 바닥 원칙은 지켜야지. 기업 인수가 동네 마트에서 담배 한 갑 사는 일도 아니고."

"그런 일이라면 삼촌이 나서줬을 리가 없죠."

문수가 웃었다.

"내 실수야?"

"아니죠. 다만 우리 삼촌도 가오 좋아하는 분이라……."

"기브 앤 테이크 하자?"

"뭐 그거 아닐까요? 그것도 마음에 드는 사람하고만 하는 분이지만."

"일 성사되면 좋은 건강식품이라도 좀 챙겨 드려. 그렇게라도 보상해야지."

"좋은 생각이십니다."

"국회는 왜 이렇게 지지부진이래?"

"그 양반들 주특기 아닙니까? 뭐 하나 만들려면 여야 총무 만나야죠, 돌아가서 당론 확인해야죠, 그 과정에서 계파별 의견 조율해야죠, 그러다 조금 마음에 안 들면 누군가 또 뒤집어 버리죠. 더구나 자기들이 원치 않는 일이다 보니……."

"어이가 없군."

"그나마 정정련 쪽에서 바짝 조이는 통에 곧 여야 합의가 끝날 것 같답니다. 아무튼 정치랑 관계되는 일에는 느긋하게

임하는 게 좋을 거 같습니다."

설명을 마친 문수가 나갔다. 강토는 서류를 당겼다. 반달이 말한 러시아 건이다. 지도는 컸다. 중국과 러시아를 보면 그저 부럽다는 생각이 저절로 들었다. 두 나라, 어쩌자고 땅은 이토록 큰 것일까?

잠시 후에 문이 열리더니 세경이 차를 들고 들어섰다.

"대표님!"

차를 내려놓은 세경이 입을 열었다.

"왜?"

"이거 대표님이 제 책상에 뒀다면서요?"

세경이 사인지를 들어 보였다.

"응."

"이거… 진짜 윤선아 사인이에요?"

"응, 어제 방송국 갔다가 우연히 만나서……."

"와아, 그런데 진짜 저 주시는 거예요?"

"세경 씨가 윤선아 팬이라며?"

"고맙습니다. 그렇잖아도 언제 조 앵커님 오시면 방청권 하나 얻어서 사인 좀 받으려고 했는데."

"그렇게 좋아?"

"그럼요. 제가 장담하는데, 윤선아는 꼭 세계적인 가수가될 거예요. 그때면 이거 수천만 원도 넘을지 몰라요."

"흐음, 그 말 들으니 갑자기 주기가 싫어지는데?"

"죄송하지만 줬다가 뺐으면 똥꼬에 털 나는 거 알죠?"

"털이 뭐 대순가? 몇천만 원이 왔다 갔다 하는 판에."

"대표님!"

울상이 된 세경이 바락 소리를 질렀다.

"오케이. 농담이니까 차나 좀 준비해 줘. 곧 영어 강사님 오실 거거든."

"알았어요. 세상에서 제일 맛있는 차로 준비해 드릴게요."

세경은 사인지를 안고 어쩔 줄을 몰라 했다.

'고급 영어라······.'

혼자 남은 강토는 강의용 책자를 꺼내보았다. 어느새 고급으로 들어선 강토였다. 다시 생각해도 굉장한 흡수력이었다. 매직 뉴런의 마법이다.

영어 강사가 왔다.

오늘도 밝은 표정이다.

강토도 밝게 공부를 했다.

공부가 즐거운 건 생소한 일이었다.

강사가 돌아간 후 반달 측에서 연락이 왔다. 러시아 측과 스케줄이 잡혔다는 통보였다.

'서울의 몇 배 크기라는 황무지······.'

도무지 가늠도 되지 않았다.

〈다이아몬드!〉

시리아에서의 일이 스쳐 갔다. 그때는 다이아몬드가 매개

체 역할을 해주었다. 이번에는 어떨까? 무엇으로 송 부사장이 원하는 결과를 얻어줄까? 강토는 다시 러시아에 빠져들고 있었다.

*   *   *

반달에서 브리핑을 받았다. 브리핑에 나선 건 은 부장이었다. 그는 성심껏 강토를 모셨다. 너무 극진해서 미안할 지경이었다.

중국과 러시아.

최근 밀월관계에 빠져 있다. 하지만 그들은 기본적으로 강대국을 천명하는 나라들. 각자의 셈법이 명확하기에 한없이 친해질 수도 없는 일이다.

"러시아 중앙정부에서 초기 MOU를 제지한 것은 중국의 약진을 우려한 것으로 보입니다."

은 부장이 벽의 화면에 쏘아진 지도를 짚었다. 강토는 문수와 나란히 앉아 경청하고 있었다.

"여기 보시면 두 나라의 국경이 보이죠. 러시아는 역사적으로 국경지대 중국인의 러시아 유입을 반대하는 시각이 뚜렷합니다. 그 이유는 역시 인구 유입과 중국화 우려 때문인 것 같습니다."

은 부장은 강토를 바라보며 계속 설명을 이어갔다.

"이쪽 국경지대를 보면 러시아의 인구보다 중국 쪽 인구가 10여 배 이상 많습니다. 따라서 이 땅을 중국 쪽에 임대하면 그쪽 중국인들이 자연스레 국경을 넘을 수 있지요. 그렇게 되면 이 지역은 중화권으로 변모할 가능성이 매우 높습니다. 몇십 년 후에는 러시아 땅인지 중국 땅인지 구분이 모호하게 되죠. 문화가 변하면 지역의 가치관도 변하게 마련인데, 더구나 이 지역은 러시아 중앙정부와 비행기로도 10여 시간이나 떨어진 곳입니다."

강토는 고개를 끄덕였다. 대충 들어도 감이 오는 설명이다.

"그렇지만 돈의 입질을 확인한 지방정부 입장으로는 거액을 포기하기 어렵겠죠. 어차피 놀고 있는 땅이니 당장은 중국인이 오든 몽골인이 오든 상관할 바도 아닐 테고."

"……."

"그래서 그 대안으로 우리 쪽을 택한 것 같습니다. 우리 측 기업이 들어가면 현지인들의 실업 해소에도 큰 도움이 될 테니까요."

"그런데 왜 중국과 MOU를 체결했을까요? 처음부터 반달과 했으면 결과가 달랐을 수도 있는데……."

강토가 물었다.

"그건 중국 측이 선점했기 때문이죠. 우리가 바이오산업 쪽을 바라보며 시장조사에 나섰을 때 이미 MOU가 체결되었으니까요."

"중국 측의 배팅 액도 알고 계시나요?"

"우리 정보에 따르면 40여 년 계약에 임대료 4,000억 원 수준으로 알고 있습니다."

"반달 측 배팅 액은요?"

"중요한 질문이군요."

은 부장이 화면을 끄고 강토를 바라보았다.

"이제 이 대표님 스타일을 아니까 간단히 드리는 말씀인데, 우리가 생각하는 액수는 그 토지 8할에 2,000억 원 수준입니다."

'2,000억 원……'

온도 차가 심했다. 중국에 비해 절반 수준이다.

"조금 낮은 가격이지만 러시아 쪽에서 먼저 러브콜을 보낸 사안입니다. 토지 일부분을 포기한다면 가능할 수도 있는 배팅이라는 게 우리 테스크포스팀의 진단입니다. 물론 진단일 뿐이니 당연히 유동적이긴 합니다."

유동적!

강토가 어떤 정보를 주느냐에 따라 액수의 증감이 가능하다는 시그널이었다.

"그쪽 인사들은 몇 시에 도착하죠?"

"지금 국제 엑스포장에 있을 겁니다. 그쪽에서 출발하는 대로 연락이 올 겁니다."

"알겠습니다."

"그럼 편안히 쉬고 계십시오. 그들이 도착하면 모시러 오겠습니다."

은 부장은 인사를 남기고 물러갔다.

"긴장되는데요?"

자료를 넘기던 문수가 어깨를 으쓱해 보였다.

"걸리는 거라도 있어?"

"아닙니다. 같은 상황이 생기더라도 시리아보다야 우리나라가 물건 구하기 쉽겠지요?"

"다이아몬드?"

"그때는 정말 놀랐습니다. 다이아몬드를 원하는 그라초브도 그랬지만 그걸 바로 구매해서 비행기로 쏴버리는 도노반 회장."

"그러니까 그들이 여전히 세계를 쥐고 흔드는 거잖아."

"아무튼 진짜 스케일이……."

"이번에도 다이아몬드 좀 준비해 두라고 할까?"

"그랬다가 러시아 쪽에서 안 받아서 제가 가질 수 있다면 좋겠는데요?"

"재희 씨 주려고?"

"웬걸요. 우리 재희, 이제 허영심 같은 거 없습니다. 그때 최고급 스포츠카 한 번 타보더니 별거 아닌 모양이더라고요."

"하긴 뭐든 꿈꿀 때가 아름답지. 막상 현실이 되면 그저 그런 일이 많잖아?"

"오늘 일도 그랬으면 좋겠습니다. 대표님이 그저 그렇게 쉽게 해치웠으면……."

"잘될 거야."

강토는 시원하게 대답했다.

딸깍!

문소리와 함께 송 부사장이 등장했다.

"부사장님!"

강토와 문수가 일어섰다.

"마음 가다듬는 데 방해된 건 아니죠?"

"아닙니다. 러시아 측이 도착했나요?"

"아직입니다. 그보다 남는 시간에 나와 함께 회장님 좀 뵈면 어떨까 싶어서……."

"회장님이요?"

"이 대표가 와 있다니까 좀 뵐 수 없냐고 하셔서……."

"뭐, 그러시죠."

강토는 문수를 대기실에 떨구고 부사장 뒤를 따랐다.

"실은 회장님 사모님이 와 계십니다. 그래서 더 이 대표를……."

엘리베이터 안에서 부사장이 말끝을 흐렸다.

회장의 부인?

강토는 말을 아끼며 부사장을 바라보았다.

"최근에 약간 문제가 생겼습니다. 우울증이라고……."

'우울증?'

"그런데 이게 양극성이라 닥터들이 애를 먹는 모양입니다. 게다가 사모님은 약재 알레르기가 있어서 함부로 약도 쓰지 못하고……."

"예……."

"죄송하지만 이 대표께서 뇌파로 한번 봐주면 안 될까요? 지난날 내게 그랬듯이……. 그래서 사전 협의도 없이 불쑥……."

부사장이 차분하게 웃었다.

"한번 보죠. 잘되면 다행이고… 안 돼도 저를 탓하지는 마십시오."

"그럴 리가요, 고맙습니다."

부사장은 각별한 고마움을 전해왔다.

똑똑!

부사장이 회장실 문을 두드렸다.

"이 대표!"

사모님과 차를 마시던 회장이 반색하며 일어섰다.

"안녕하세요?"

강토가 두 사람을 향해 마주 인사를 했다.

"이분이 이강토 대표님?"

사모님도 강토를 아는 눈치였다. 강토는 한 번 더 고개를 숙여 예를 표했다.

"아유, 잘생기기도 하셨지. 아직 미혼?"

사모님이 물었다.

"예……."

"어머, 그럼 내가 중신 서야겠네. 내 동생 딸이 예일대 나온 재원인데 선 한번 보실래요?"

"말씀만 들어도 과분합니다."

강토가 겸손하게 웃었다.

"어머, 저 겸손한 것 좀 봐. 난 이런 스타일이 좋더라."

초면임에도 불구하고 사모님은 적극적으로 나왔다.

"여사님!"

회장이 뒷말을 높이며 제동을 걸었다. 그래도 사모님은 개의치 않고 돌진을 계속했다.

"아니면 이상형을 말해보세요. 내가 다 구해 드릴게요. 여우같은 여자? 곰 같은 여자? 아니면 토끼 같은 여자?"

"그만하시라니까요."

회장이 또 나섰다.

"저이는……. 당신은 회사 경영이나 하세요. 나도 나름 사회 참여하는 거거든요."

한 번도 지지 않고 받아치는 사모님. 말하는 동작 하나하나에도 에너지가 흘러넘쳤다.

바로 양극성 우울증의 한 모습이다. 지금 사모님이 보이는 건 조의 상태. 기분이 들뜬 상태를 말한다.

이런 상황에서는 사람과 관계를 넓히고 싶다는 욕구가 아주 강력해진다. 배짱이 커져서 돈을 마구 빌리기도 하고 지르기도 한다. 따라서 주변 사람들에게 많은 부담을 주게 된다.

양극성 장애는 이렇듯 기분이 들뜨는 조증과 가라앉은 우울증이 나타나기에 붙여진 이름이다. 기분이 비정상적으로 고양되면서 생기는 다양한 증상이 주변인들을 힘들게 하는 질환이었다.

조증과는 다르지만 고양되는 경우가 또 있었다. 바로 선천성 부신 과형성 질환. 이는 태아 때부터 과분비된 안드로겐이 문제가 된다. 이런 여자아이는 남자처럼 노는 걸 좋아한다. 말괄량이를 생각하면 비교적 적합하다.

어쨌든 우울증은 뇌의 병.

그렇다면 강토가 도움이 될 수 있었다.

"사모님."

강토가 사모님을 바라보았다.

"예?"

"제가 뇌파를 좀 하거든요. 잠깐 봐드릴 테니 저를 바라보세요."

"어머, 유명하신 분이……."

"잘할지는 모르겠습니다."

"괜찮아요. 잘 봐주기만 하세요. 뇌섹녀인지 아닌지."

사모님은 그사이에도 입술을 쉬지 않았다.

'매직 뉴런!'

강토는 사모님의 눈을 통해 뉴런을 밀어 넣었다. 매직 뉴런은 최대 스파인을 만들며 사모님의 시냅스와 접속했다. 광속이다. 그걸 주시하면서 뇌 속 환경을 체크했다.

'오!'

한참을 지켜보다 단서를 찾았다. 그건 바로 모노아민, 특히 세로토닌과 노르아드레날린이었다. 이 두 가지 물질이 보통 사람보다 현저히 많았다.

또 다른 단서도 있었다. 반응하는 사모님의 뉴런이다. 뉴런 속의 칼슘 이온 농도가 높았다. 두 가지 상이점을 파악한 강토가 작업에 착수했다.

모노아민의 분비처를 찾아가 늘어진 분비관을 자극해 탄력을 되찾아준 것. 늘어진 분비관이 제자리를 찾자 모노아민의 분비량이 줄기 시작했다. 다음으로 칼슘 이온 농도를 손보았다. 칼슘 이온을 자극해 소모시켜 버린 것이다. 두 가지를 맞추고 나서 매직 뉴런을 거두었다.

"끝났습니다."

"그래요? 어머!"

대답하던 사모님이 어지러운 듯 이마를 짚었다.

"침대가 있으면 좀 쉬게 해주시죠."

강토가 말했다. 사모님은 부사장의 부축을 받고서 회장실에 딸린 침대에 누웠다.

"어때요?"

회장이 물었다.

"뇌파가 좀 어지러운 거 같아서 정리를 해드렸는데 조금 나을 겁니다."

강토는 간단히 대답했다. 회장의 표정이 환해지는 게 보였다.

"자, 그럼 회장님은 사모님 간호하시고 저는 이 대표와 함께 자바이칼스키 임대 임무 수행하러 가겠습니다."

휴게실에서 나온 송 부사장이 말했다. 강토는 부사장을 따라 회장실을 나왔다.

협상장의 복도에서 은 부장이 손을 흔들었다. 러시아 측 인사들은 이미 입실한 모양이다.

"들어가시죠?"

회의실 앞에서 부사장이 문을 가리켰다. 강토는 옷깃을 여미고 안으로 들어섰다.

"즈드라스뜨부이찌!"

러시아어 인사와 함께 푸른 눈의 러시아인 세 사람이 동공을 박차고 들어왔다.

회담이 시작되었다.

반달 쪽의 참석자는 송 부사장을 대표로 러시아 담당사업본부 이사 한 사람과 부장, 그리고 통역이었다. 강토는 통역

옆에 자리를 잡았다.

대화는 일단 엑스포 쪽으로 오갔다. 탐색전이다. 그런 다음 러시아의 문화와 한국의 문화 등으로 옮겨갔다. 먹을거리도 나왔다. 러시아 대표가 소주 이야기를 꺼냈다.

"싸고 좋더군요."

대표가 엄지를 세워 보였다.

"보드카도 좋은 술입니다."

부사장이 화답했다.

"그럼 이제 본안에 대해 이야기를 나눠볼까요?"

러시아 측의 부대표가 사안을 정리하고 나섰다. 그가 실무를 담당하는 모양이다.

"그러시지요."

부사장이 그의 말을 받았다.

"저희가 오는 길에 지사님께서 이런 말씀을 하셨습니다. 어쩌면 자바이칼스키는 애당초 한국이 임자였을지 모른다고."

"무슨 말씀이신지?"

"중국은 임자가 아니었단 말이죠. 당시 체결된 가계약도 절차상의 하자가 있었고요."

"……."

"이런 말씀 드리기는 뭣하지만 일부 인사들 사이에 공명심이 있었습니다. 우리 지역의 민심보다는 액수에 눈이 팔린 거지요."

"……."

"그렇기에 중앙정부에서도 강력하게 반대 의사를 밝혔고…
결국 가계약이 무산될 즈음에 반달전자의 뜻을 알게 되었던
겁니다."

"그렇군요."

"어떻습니까? 기왕에 다 아시는 일이고 중국과의 조건도 어
느 정도 밝혀진 바입니다. 따라서 저희 주지사님은 한국 반달
전자의 입성을 희망하시는 바입니다만……."

"저희도 몇 군데 후보군 중에서 적극 검토 중이긴 합니다."

부사장이 슬쩍 밀고 당기기를 시작했다. 바쁜 건 강토였다.
탐색전 동안에 러시아 측의 속내를 알아내야 했다.

러시아 대표의 기억 서랍에서 주지사와의 밀담을 찾아냈다.
주청사의 작은 회의실이었다.

"요점이 뭔 줄 아는가?"

주지사가 창가에 서서 말을 시작했다. 잔뜩 굳은 얼굴이다.
둘은 중앙정부의 반대에 대해 이야기를 나누고 있었다.

"돈이겠지요."

지금 강토 앞에 대표로 자리한 사람이 대답했다.

"그렇지. 떡고물을 원하는 거야."

"기가 막히는군요. 그 먼 데서도 리베이트는 원하다니."

"그러게 말일세. 물론 중국이 골칫거리인 건 맞지. 그들에게
임대하면 적어도 그쪽 국경은 무용지물이 될 테니까. 하지만

어차피 놀고 있는 땅이란 말일세. 그들이 내는 돈이면 우리는 큰 사업을 여럿 실시할 수 있고."

"VIP가 반대하는 겁니까?"

"그럴 리가 있나? 그 밑에서 복심을 자처하는 그라초브 놈이지."

그라초브!

강토는 거기서 기억 접속을 중지시켰다. 들어본 이름이다. 잊을 수도 없는 이름이다. 시리아에서 3,000만 불과 몰디브의 섬을 안겨준 사람이 아닌가?

'과연……'

강토는 지중해의 나비와 태평양의 태풍을 떠올렸다. 세상일에 우연은 없었던 것이다.

'그라초브……'

강토가 긴장하기 시작했다.

제7장
떨거지들에 대한 응징

'어디…….'

정신을 가다듬고 다시 접속을 이었다. 느슨해진 시냅스의
연결 고리들이 팽팽해지기 시작했다.

"원하는 액수는요?"

"무조건 10%."

"미친… 그럼 반달전자하고 체결이 되어도 우리 쪽에 떨어
지는 건 1,600억 아닙니까?"

"그런 셈이지."

"그건 곤란합니다. 그렇게 되면 애당초 중국이 제시한 금액
의 절반도 되지 않습니다."

"그들에게는 중요한 사안이 아닐세. 요는 리베이트지."

"그럼 왜 중국과의 계약을 반대하고 나선 겁니까? 거기서는 5%만 먹어도 200억입니다."

"그게 정치 아닌가? 처음부터 리베이트를 내놓으라고 하면 우리가 반발할 테니 일단 제재부터 가한 거지. 우리 몸을 달게 해서 우리가 자발적으로 바치기를 원하는 거야."

"그런 머리는 국가 경영에나 쓸 일이지……."

"난제일세. 우리 쪽 인사들도 2,000억 이하는 절대 안 된다는 입장이야. 반달 쪽에서 제시한 금액에 변동이 없다면 10%가 아니라 1%도 줄 수 없는 상황이라네."

"으음……."

"거기다 그라초브 놈은 자기만의 몫도 원하고 있지."

"미친!"

대표의 목소리가 높아졌다.

"적어도 400억 플러스알파, 그게 요점이네. 본 계약 2,000억 이외에."

"황당하군요. 본계약도 아니고 이면계약이라면……."

"그러니 자네를 보내는 거야. 중국도 아니고 한국도 아니면 이 땅은 향후 50년은 다시 황무지로 있어야 하네. 우리 주의 발전은 물 건너가고 중앙정부의 잔소리 들으며 늙어가는 수밖에."

주지사의 고뇌에 찬 표정이 보였다. 거기서 매직 뉴런을 회수했다. 잠시 호흡을 고른 강토가 입장을 정리했다.

―러시아의 마지노선은 2,000억 원.

―중앙정부에 바칠 10% 선의 리베이트 비용 400억 필요.

―실세 그라초브를 위한 개인 뇌물 필요.

정리를 마친 강토가 부사장에게 신호를 보냈다.

"입장 정리가 필요하니 잠시 쉬었다 할까요?"

부사장의 뜻을 통역이 전했다. 강토와 부사장은 옆방으로
자리를 옮겼다.

"어떻게 되었소?"

문이 닫히기도 전에 부사장이 물었다. 강토는 메모를 건네
주었다.

"2,400억에 플러스알파?"

"그렇습니다."

"2,400억이라……."

"수용 가능한 선인가요?"

"유동적이긴 하오. 저들이 원하는 게 있다면 우리도 원하는
패를 보여주면 되니까."

부사장이 웃었다.

"그렇다면 배팅해 보시지요."

"그건 그런데… 플러스알파가 문제로군요."

"그 문제는 제가 해결할 수 있습니다."

"오, 그래요?"

"부사장님, 혹시 보석상 아는 곳 있습니까?"

"보석상?"

"다이아몬드가 필요할 것 같습니다."

"다이아가 플러스알파란 말이오?"

"그렇습니다. 현재 중앙정부에서 이 계약을 참견하는 관리가 그라초브인데 제가 개인적으로 본 적이 있습니다."

"그래요?"

"그 사람은 다이아몬드 광입니다. 따라서 쓸 만한 다이아몬드를 선물로 안겨주면 협조할 것으로 봅니다."

"다이아몬드라……."

"일단 수소문하셔서 사진을 찍으시지요. 가격과 캐럿을 말해주며 그자를 위해 준비한 거라고 전송하면 답이 들어올 걸로 봅니다."

"으음, 다이아몬드라……."

송 부사장은 바로 은 부장을 호출했다. 은 부장에게 특명이 떨어졌다.

다이아몬드!

어려울 것도 없었다. 은 부장은 홍콩의 다이아몬드 중개상과 접속했다. 거기서 특별한 다이아몬드를 수배했다. 가격보다 디자인이 유려하고 희귀성이 있는 물건이었다. 홍콩이니 만약의 경우 러시아에 인도할 방법도 용이했다.

다시 회담이 재개되었다. 송 부사장은 바로 딜을 날렸다.

2,410억에 계약 기간 연장과 더불어 원래 8할만 쓰려던 자바이칼스키 지역의 땅 전체를 요구한 것이다.

2,410억!

그들의 마지노선보다 10억을 더 담았다. 그건 대표로 온 러시아인들에 대한 대우이자 투자였다. 러시아에 입성한다면 거기서도 그들의 힘이 필요하기 때문이다.

"쉽지 않을 것 같지만 본국에 알아보기는 하겠습니다."

대표는 연막을 치며 송 부사장의 딜과 함께 다이아몬드 파일을 러시아로 전송했다. 20여 분 후에 연락이 왔다. 이메일을 열어본 대표의 표정이 상기되는 게 보였다.

'성사!'

강토는 확신했다. 부드럽게 올라가는 표정. 그건 세로토닌이 증가할 때 나타나는 얼굴 표정이다.

"우리 요청대로만 계약서를 작성해 주면 긍정적 검토가 가능하다고 합니다."

러시아 측의 요청.

그건 이면 계약서였다. 다이아몬드의 보장이었다.

"하하핫!"

협상이 끝난 후 회장실에 웃음꽃이 피었다. 누구보다 크게 웃은 건 회장이었다.

"정말 고맙소, 이 대표!"

그 말에는 두 가지 의미가 담겨 있었다. 하나는 물론 러시아와의 회담이다. 나머지 하나는 사모님에 대한 고마움이었다. 강토의 매직 뉴런 치료를 받은 사모님, 잠시 휴식을 취한 후 사람이 변했다고 한다. 조울증 증세가 확연히 사라져 버린 것.

때로는 비련의 주인공 같고 또 때로는 통제 불능의 선머슴 같던 사모님. 그건 굴지의 반달 회장에게도 골칫덩어리가 아닐 수 없는 일이었다. 그런 그녀에게서 아프기 전의 모습을 엿본 회장. 기분이 하늘에 붕 떠 있었다.

"자자, 우리 나갑시다. 오늘은 내가 한턱 쏘겠습니다."

회장이 일어섰다.

식사는 특급호텔의 일식당이었다. 거기 올라온 회는 일본에서 바로 공수해 왔다는 참다랑어였다. 크기가 무려 230킬로그램에 달한다는 참치. 그 정도 크기라면 참다랑어 중에서도 최상급에 속하는 보물이다. 게다가 다른 부위도 아니고 머리와 배꼽 살.

일식당의 수석요리사가 직접 나와 머리를 손질해 주었다. 기가 막혔다. 입안에서 다이아몬드가 녹는 것 같았다.

"이건 우리 마누라 치료비입니다. 사양 말고 받아주세요."

회장이 봉투를 내밀었다. 받지 않으려 했지만 부사장까지 가세하는 바람에 별수 없이 챙기고 말았다.

"이 대표!"

젓가락을 놓은 회장이 강토를 바라보았다.

"예."

"내가 말입니다. 사실 밥만 먹으면 세계 시장 공부를 하던 사람입니다. 기술 개발과 시장 개척……."

"예."

"개발비 많이 쓰고 연구비도 많이 썼지. 때로는 세계 최고를 찍은 적도 있으니까요."

"……."

"그런데 이제 와서 생각하니 그 또한 반쪽 투자였던 것 같습니다."

"무슨 말씀이신지……."

"이 대표를 말하고 있는 겁니다. 기업 경영이라는 게 기술 개발도 중요하지만 결국은 사람을 키워야 할 것 같아서요."

"……."

"그래서 이 대표가 더 반갑고 고맙습니다. 기술이 못하는 일, 결국은 사람이 하지 않습니까?"

"예."

"우리 회사에는 안 온다니 어쩔 수 없는 노릇이고… 미안하지만 나 죽기 전에는 우리 회사 좀 밀어주세요. 늘 바쁘신 몸이니 오늘처럼 중요한 것만이라도 도와주면……."

"저를 그렇게까지 생각해 주시니 영광입니다. 의뢰를 주시면 언제든 성심을 다해 돕겠습니다."

"자, 그럼 일어나 볼까요? 내가 또 미국 쪽 인사들 좀 만나야 해서요."

회장이 일어섰다. 강토도 그 뒤를 따랐다. 앞서 걷는 회장의 어깨가 소탈하고 듬직해 보였다. 부사장도 비슷했다.

밖으로 나오자 문수가 입을 훔치고 있다.

"대표님!"

"식사는?"

"저도 그 안에서 같이 했습니다. 회장님이 계산도 하셨다는데요?"

"그래?"

강토의 표정이 더 밝아졌다. 반달의 회장, 과연 그냥 회장이 아니었다. 챙길 것은 확실하게 챙기는 사람. 다시 한 번 고개가 끄덕거려졌다.

'반달이 공과가 많다지만 좋은 점만 본받으면 될 일.'

강토는 홀가분하게 뒷좌석에 올랐다.

의뢰의 성공!

거액의 입금!

그건 늘 기분을 좋게 하는 일이었다.

사무실로 돌아갈 때였다. 도로 위에서 강토가 전화를 받았다. 아인이다.

"강토 씨, 일이 좀 생겼어요."

그녀의 목소리가 떨리고 있었다.

"무슨 일이죠?"

"잠깐 볼 수 있으면 좋겠는데 방송국 앞으로 좀 와줄래요?"

"알았어요."

강토가 전화를 끊었다.

"방 실장!"

"알겠습니다. 방송국 앞!"

벌써 눈치를 챈 문수가 핸들을 감았다. 좌회전을 받은 차는 방송국을 향해 질주해 갔다.

"여기요!"

그녀는 주차장에 나와 있었다. 강토가 도착하자 두 손을 흔들어 위치를 알렸다.

"빅뉴스라도 터졌어요?"

차에서 내린 강토가 물었다. 문수는 운전석 쪽으로 나와 아인과 인사를 나누었다.

"맞아요!"

"국회 검증 일자 합의가 끝났나요?"

강토가 물었다. 아직도 여야 합의가 끝나지 않은 검증 일자. 그들은 별것도 아닌 것을 가지고 각을 세워 다투고 있었다. 검증 장소, 방법, 숫자, 시간, 참관자, 공개 비공개, 모든 게 시비의 대상인 모양이다. 참 골치 아픈 집단이었다.

"국회가 아니고 강토 씨예요."

"나?"

"이것 좀 보세요!"

아인이 출력물을 내밀었다. 그건 익명의 시청자 제보였다.

"진짜 나네?"

몇 장을 넘기던 강토가 황당 모드에 돌입했다. 모함이다. 되도 않는 이야기의 집합이었다. 중학교 때 불량소년이었다는 것을 시작으로 대학교에서는 여학생 성추행을 했다는 말도 있고, 아르바이트를 하며 절도를 했다는 '카더라' 통신의 절정판이었다.

"하하핫!"

강토는 그냥 웃고 말았다. 개그도 이렇게 저렴한 개그가 있을까? 웃지 않고는 견딜 수 없는 일이었다.

"지금이 웃을 때예요?"

아인이 소리쳤다.

"안 웃으면요? 나도 모르는 이야기인데 화라도 낼까요?"

"문제는 이런 게 한두 건이 아니라는 거예요."

'응?'

강토가 고개를 들었다. 이런 막장 제보가 한두 장이 아니라고?

"사장실부터 뉴스 진행자들까지 자그마치 20여 명이 이런 걸 받았다고요. 그 사람들이 다 강토 씨 마음 같지는 않거든요."

"그래서요?"

"워낙 광범위하게 융단폭격을 하다 보니 몇 가지에 대해서는 확인도 필요한 거 같다고……"

"하라죠, 뭐."

"어유, 이게 그렇게 간단한 게 아니라니까요. 기자정신 없는 기레기들이 자극적인 것만 뽑아서 인터넷에 기사화시켜 보세요. 자칫하다간 양비론이 된다고요."

"기자도 기자를 기레기라고 해요?"

"기자면 다 같은 기잔 줄 아세요? 이름만 기자인 인간들 널렸다고요."

"……?"

"그리고 이렇게 조직적인 인간들이 우리한테만 보냈겠어요?"

"그럼?"

"내 생각인데 청와대, 검찰, 국회 등등에 다 뿌렸을 거예요."

아인의 말이 씨가 된 걸까? 반 검사에게서 전화가 들어왔다.

─이 대표!

"형님!"

─혹시 시간 있어?

"……?"

─검찰에 대대적인 모함성 투서가 접수되어서 말이야!

"거기도요?"

─거기도라니? 그럼 다른 데도?

"지금 조 앵커 만나고 있는데 방송국에도 몇 트럭 도착했다네요."

─역시 그렇군.

"저 잡아다 조사하게요?"

─농담 말고⋯ 역시 배후가 있는 거 같으니 역추적을 해봐야겠군.

"대한민국 검찰이 그런 찌질이들하고도 놀아야 하는 겁니까?"

─찌질이들의 작업이 가끔은 먹히는 수도 있거든. 우리 아우가 그런 케이스가 되어서는 안 되지.

"⋯⋯."

─방송국 쪽은 조 앵커하고 국장님 편에 보도 막아달라고 해. 발신지 쪽 CCTV 다 뒤져서라도 어떤 놈 소행인지 알아낼 테니까.

"알겠습니다."

강토는 전화를 끝냈다.

"반 검사님이세요?"

아인이 물었다.

"검찰에도 투서가 들어왔다는군요."

"거봐요. 내 말이 맞죠?"

"……."

"강토 씨……."

"웃어넘겨야 할 일이지만 치졸하기는 하군요. 누군지는 모르지만 생각하는 게 고작 이거라니……."

"대세가 강토 씨 편이잖아요. 그러니까 흠집을 내려는 물귀신 작전이에요."

"아인 씨도 나 때문에 곤란 겪는 거 아니에요? 아까 보니까 아인 씨와 나에 대한 썸 이야기도 있는 거 같던데……."

"나는 상관없어요. 그런 거 무서워서 사랑 못 하나요?"

아인이 웃었다. 그녀는 역시 자기중심이 뚜렷한 여자였다.

"아인 씨!"

"네?"

"혹시 내가 납치하면 납치당해 줄 용의 있어요?"

"물론이죠. 그러니까 내가 빨리 내 뇌파 읽는 법 개발하라고 했잖아요."

"정말이죠?"

"그럼요. 당신이 가는 곳이라면 그곳이 지구 끝이라고 해도……."

"고마워요."

강토는 아인을 바라보았다. 그녀의 맑은 눈. 그 눈이 강토를 빨아 당기고 있었다. 영혼까지 쪽.

바아앙!

차는 올림픽대로를 타고 달렸다.

"조 앵커님 말이 맞습니다. 누군지 빨리 잡아야 합니다."

문수도 고조되어 있었다. 가랑비에 옷 젖을 수 있으니 초장에 확실하게 대처하는 게 좋다는 생각이었다.

"그건 나도 알아."

강토는 등받이 깊이 몸을 기대며 담담하게 말을 이었다.

"하지만 쓸쓸하네. 인간이 어디까지 추잡해질 수 있는 건지 바닥 밑의 지하까지 보는 것 같아서 환멸이 느껴져."

"우리도 기자회견 준비할까요?"

"그건 너무 번거롭잖아?"

"하지만 아무 대처도 않는다면 또 그게 의혹이… 이 나라가 워낙……."

"헬조선?"

"……."

"방 실장!"

"예?"

"도노반의 제의 말이야. 그거 어때?"

"어떤……?"

"미국으로 베이스를 옮기라는……."

"나쁘지 않지요."

"나쁘지 않다?"

읊조리는 강토의 목소리는 다소 착잡했다.

"제 생각인데, 대표님은 그동안 너무 많은 일을 했습니다. 그 결과 위기도 많았지요. 그러면서 이제 스펙도 제대로 쌓았고. 그러니 본바닥 시장으로 들어가 격에 맞는 건만 처리하면서 격도 높이고 일도 즐기시면 좋을 것 같습니다."

"즐긴다?"

"저희가 업무가 힘들어서 드리는 말은 아닙니다."

"하긴 한국 땅이 우리가 놀기엔 좀 좁긴 하지?"

"그런 측면이 있죠."

'미국이라……'

"시간이 조금 남는데 사무실에 들를까요, 아니면 바로 대표님 아버님 회사로 갈까요?"

"아버지 회사로!"

강토가 대답했다. 아버지에게도 할 말이 있기 때문이다.

*   *   *

왕복 2차선의 다리에 올라섰을 때다. 다리 건너의 네거리 신호를 받으며 차량이 멈췄다. 덕분에 앞뒤 차량들도 사이좋게 멈췄다. 벤츠도 도리 없이 멈췄다. 자가용들이 옹기종기 여섯 대가 줄을 선 형국이다.

그때 뒤쪽에서 육중한 트럭 소음이 들려왔다.

와아아앙!

"아, 영업용 친구들 진짜……."

문수가 입맛을 다셨다. 앞에는 다섯 대, 문수 뒤로는 한 대. 트럭 아니라 탱크가 와도 막힌 길은 어쩔 수 없었다. 하지만 트럭은 상황 따위는 안중에도 없었다. 달리는 속도 그대로 폭주했다.

"대표님!"

불길한 예감을 감지한 문수가 소리쳤다. 강토는 창밖으로 고개를 내밀었다.

설마하는 마음이 들며 두 개의 화면이 스쳐 갔다. 덕규와 함께 당한 사고, 그리고 며칠 전에 방송으로 본 터널 앞 대형 사고. 그때는 대형버스였다. 지금처럼 잠깐 정체가 된 자가용 행렬 다섯 대를 들이박아 여러 명이 사망한 사건이었다.

'매직 뉴런!'

강토는 재빨리 매직 뉴런을 출격시켰다.

'뭉개 버려.'

운전자의 기억 속에 한 남자가 나왔다. 현금 5천만 원을 건네고 있었다.

"대표님!"

트럭이 꽁무니 차 5미터까지 들이닥치자 문수가 비명을 질렀다. 강토는 트럭 운전자의 운동 제어에 명령을 내렸다.

서둘러!

서둘러!

강토의 사생결단이었다.

"우워어어!"

운전자의 손이 저절로 돌아갔다. 그대로 앞차를 들이박으려던 운전사는 급히 핸들을 꺾으며 우측으로 돌았다. 그리고……

콰앙!

굉음과 함께 트럭이 하천 위로 날아올랐다.

3, 2, 1.

트럭은 강토의 카운트다운에 따라 펑 하고 하천으로 곤두박질쳤다. 문을 박차고 나온 강토가 난간 위에서 몸을 날렸다. 강토는 운전자를 꺼내주었다. 도와줄 생각은 추호도 없었다. 강토가 원하는 건 사주한 자의 정체였다. 아까는 다급한 김에 운동 제어만 한 것이다. 공포에 질린 운전자의 머리에서 전화번호와 이름, 얼굴을 뽑아냈다.

"대표님!"

그사이에 문수가 뛰어내려 왔다. 그 뒤로 강토의 경호원들도 합류하고 있었다. 트럭 뒤쪽에 있던 그들도 상황을 예의 주시하던 중이었다. 그러나 완전한 돌발이었기에 손을 쓸 수 없었다.

"경찰에 넘겨."

강토는 운전자의 신병을 경호원에게 맡겼다. 그리고 전화를 뽑아 들었다.

"형님, 저 이강토입니다."

전화의 수신자는 반석기 검사였다. 강토는 현재의 상황과 함께 운전자에게 뽑은 자료를 반석기에게 넘겼다.

"누구?"

반석기가 다시 물었다.

"공성술이오."

"젠장, 결국 그놈이군."

"뭐가 말입니까?"

"이 대표 투서 말이야. 용의자가 나왔는데 공성술이야. 과거 이태협 의원의 사무장하다 진무섭 의원 비서관으로 옮겨간……."

"그럼 이태협 의원이나 진무섭 의원이 투서의 배후란 말입니까?"

"공성술 체포조 띄웠으니까 곧 알게 될 거야. 어디 다친 데는 없고?"

"간이 좀 오그라들기는 했지요."

"뇌가 아니니 다행이군."

"그렇죠? 아무튼 일거리 만들어 드려서 죄송합니다."

"무슨 소리야? 아우님 일을 떠나 이건 검찰이 할 일이야. 오히려 우리가 미안할 일이지."

"말만 들어도 고맙군요."

강토는 전화를 끊었다. 그리고 문수를 바라보며 묵직하게 물었다.

"이태협과 진무섭이 은재구 라인이던가?"

"아닙니다. 둘은 석귀동 라인으로 분류되는 사람들입니다."

"석귀동?"

뜻밖의 결과가 나왔다.

"고난도 전략일 수 있습니다."

강토의 의도를 파악한 문수가 새로운 견해를 내놓았다.

"고난도라면?"

"정국은 아직 은재구의 소용돌이입니다. 그가 총대를 멘 형국 아닙니까? 그러니까… 이럴 때 대표님에게 위해를 가하면 의심의 화살은……."

"은재구에게 날아간다?"

"은재구는 지금 중국에 가 있습니다. 배후가 되기 좋다는 의심을 받을 수 있지요."

"사실이라면 나쁜 놈보다 더 나쁜 놈이군."

"두 의원의 동선은……."

SNS를 체크하던 문수가 남은 말을 이었다.

"이태협은 싱가포르에서 오늘 저녁에, 진무섭 역시 지역구에서 밤늦게나 상경할 것 같습니다."

"정정련 자료는 어때?"

"자료만 보자면 이태협 쪽입니다. 이 의원이 비리 혐의가 많거든요."

"그럼 나는 진무섭에다 걸지."

"예?"

"경호원들 보내서 진무섭 동선 파악해 두도록. 서울에 오시면 만나 뵈어야 하니까. 물론 그 안에 우리 형님이 선수를 쳐서 단서를 잡아내면 별수 없고."

강토가 빙그레 웃었다.

막간을 이용해 이성표를 만났다. 아버지의 회사 근처이다.

"성사되었네."

이성표가 웃었다. 아버지에게 선물로 안길 회사의 확보를 끝냈다는 말이다.

"역시 대단하시군요."

"무슨 소리. 우리 이 대표에 비하면 한강의 모래알 한 점이지. 이번에 반달전자의 극동러시아 진출을 성사시켰다며?"

"우아, 정보 빠르시네요."

"정보만 빠르지."

이성표가 웃었다.

"아무튼 나 요즘 살맛난다니까. 이번 일도 즐겁게 하니까 저절로 풀리더라고."

"그래요?"

"알고 보니 그쪽 회사도 운전 자금이 막혀서 전전긍긍하고 있던 모양이야. 그런 차에 우리가 매입 의사를 밝히니까 얼씨

구나 응한 거지."

"때가 잘 맞았군요."

"때는 무슨… 다 이 대표 때문이야."

"저를 그렇게까지 믿으십니까?"

"당연하지. 이 이성표가 팥으로 메주를 쑨다고 해도 믿는 사람은 이 대표뿐이야!"

"그럼 부탁을 하나 더 드려도 될까요?"

"말만 해."

"그 결과를 저희 아버지께 전해주세요. 제가 말하면 왠지 안 믿으실 것 같아서……."

"언제는 이 대표가 직접 전할 것 같더니……."

"그랬는데 팀장님 공을 다 뺏는 거 같아서요."

"캬아, 이래서 내가 이 대표를 더 좋아한다니까."

"부탁합니다!"

"오케이! 못할 거 없지."

이성표는 흔쾌히 수락했다. 그가 먼저 아버지 회사로 갔다. 그는 30여 분이 지나서 나왔다. 아버지가 따라 나와 인사하는 게 보인다. 강토는 그제야 전화를 걸었다.

"아버지!"

자글자글!

불고기가 익어가고 있다. 고추장 돼지불고기다. 두툼한 돼지 생삼겹살에서 떨어지는 기름과 고추장이 조화를 이루면서 매콤하고 달콤한 향이 미각을 미치게 만들었다.

"이 대표!"

아버지가 들어왔다. 털털한 점퍼 차림 그대로다.

"앉으세요."

강토가 고개를 들었다.

"너……."

아버지는 차마 뒷말을 잇지 못했다.

"에이, 왜 그러세요? 내가 아는 아버지는 뒤 끗발이에요. 첫 끗발은 개 끗발, 승부는 마지막 끗발로 보는 거 맞죠?"

"이 녀석!"

아버지가 달려와 강토를 안았다. 강토는 집게를 든 채 그 품에 안겼다.

"아버지!"

"됐어. 아무 말도 하지 마라. 지 애비 부끄럽게 만드는 놈 말은 듣고 싶지 않으니까."

"부끄럽긴요. 저는 이 세상에서 아버지가 제일 자랑스러운 걸요."

"말만 그렇게 하고 뒤로는 지 애비 자존심 다 짓밟고 다니는 놈이……."

"자존심보다 아버지가 더 중요하니까요."

"우억!"

아버지가 행복한 신음을 토했다. 마침내 이 분야의 최강자로 발돋움할 발판을 마련한 아버지. 이 모든 새 출발의 시작이 강토였기에 그 감동을 눌러 버리기엔 벅찬 모양이다.

"대신 배당금 떼어먹을 생각은 마세요. 우리 방 실장, 계산 지독한 거 알죠?"

아버지의 품에서 벗어나며 강토가 웃었다.

"오냐. 내가 과부 달러 돈을 내더라도 그건 안 떼어먹으마."

"그 과부가 새엄마면 더 좋을 텐데……."

"어허, 이 녀석이 이제 애비 사생활까지 개입하려 드네? 내 걱정 말고 너나 빨리 장가 가거라."

"어, 고기 타요!"

강토는 파뜩 말머리를 돌렸다. 그렇게 앉은 자리, 부자는 소주잔을 기울였다. 강토도 석 잔, 아버지도 석 잔을 마셨다.

한 잔은 아버지를 위하여!

또 한 잔은 나를 위하여!

마지막 한 잔은 이 행복한 자리를 위하여!

강토는 유명한 시를 빗대 소망을 빌었다.

"대표님!"

가로등 아래서 덕규가 손을 흔들었다. 문수의 지시를 받고 진무섭 자택의 진입로에 포진한 그였다.

"저녁은?"

차에서 내린 강토가 물었다. 문수도 함께 내렸다.

"먹었어. 어, 고기 냄새."

"아버지하고 고추장불고기 좀 먹었다. 왜?"

"에? 겨우 고추장불고기?"

"뭐가 겨우야? 안주보다 자리가 문제지."

"그래도 좀 비싼 걸로 사드리지."

"우리 아버지 스타일 알잖아? 진 의원은 아직이라고?"

"웅. 조금 전에 보좌관 하나가 도착한 걸 보니 곧 올 모양인
가 봐."

"저기 오는군요."

골목을 보고 있던 문수가 말했다.

"흐음, 방 실장은 내기 돈 낼 준비나 해."

강토가 옷깃을 여미었다.

차는 진 의원의 세단이 맞았다. 차가 도착하기도 전에 사택
문이 열리며 보좌관 둘이 나왔다. 진 의원의 차가 그 앞에 멈
췄다. 한 보좌관이 문을 열었다. 의원이 야리야리한 몸매로 내
렸다.

'율사 출신……'

강토는 그의 이력을 떠올렸다. 그 역시 스펙으로 치자면
A4용지로 몇 장이 되고도 남았다. 이 양반들은 무엇 때문에
그렇게 많은 스펙이 필요한 걸까?

존경받는 국회의원.

딱 그 한 줄이면 충분할 것을.

"의원님!"

보좌관들이 자지러질 때 강토가 그 앞에 나섰다.

"……!"

화기애애하던 보좌관들의 표정이 굳는 게 보인다. 진무섭의
얼굴 또한 무섭게 구겨졌다.

"……!"

강토는 말을 하지 않았다. 그저 진무섭을 바라볼 뿐이었다.

"……!"

진무섭도 그랬다.

주변으로 냉기가 흘렀다. 보좌관과 진무섭은 냉동인간처럼
보였다. 그 얼어붙은 분위기를 강토가 지나쳐 걸었다. 아무 말
도 없이 뚜벅뚜벅. 진무섭에게서 멀어지기 시작했다.

"……?"

진무섭이 돌아보았다. 분명 저자는 이강토 대표. 그가 나타
난 것이다. 그런데 아무 말도 없이 지나쳤다. 진무섭은 머리가
아팠다. 대체 왜? 왜?

태연하게 반대편 도로 쪽으로 나온 강토의 얼굴이 그제야
격정적으로 꿈틀거렸다.

'개새끼!'

쌍욕이 나왔다. 식당의 쓰레기통을 잡고 오물을 게워냈다.

"우엑! 우에엑!"

"대표님!"

뒤이어 달려온 문수가 강토를 잡았다.

"괜찮아. 우엑!"

문수를 밀어낸 강토는 뱃속에 남은 오물을 다 밀어 올렸다. 목이 아팠다. 눈물도 나오고 콧물도 나왔다. 문수는 강토를 주시했다. 뭔가 있었다. 굉장한 것이 있었다. 문수는 직감으로 알 수 있었다.

"대표님……."

"괜찮다니까."

강토가 입술을 훔치며 일어났다. 감정은 조금 전보다 살짝 풀려 있었다.

"무슨 일이신지?"

문수가 물었다. 강토는 진무섭 의원의 자택이 있는 방향으로 시선을 돌렸다. 골목은 비어 있었다. 진무섭이 자택으로 들어간 것이다. 골목에는 수은등의 가로등만 휘영청 적막을 비추고 있을 뿐이다.

'진무섭……'

토한 이유는 물론 그의 비밀 때문이었다. 더러웠다. 동시에 추잡하고 악랄했다. 그의 과거였다. 공천을 받아 국회에 입성하기 전 그는 사회복지 사업을 하고 있었다. 규모가 엄청나게 컸다. 사업을 위해 관계 기관에 돈을 뿌리고 특혜를 받은 건 아무것도 아니었다.

문제는 실습 나온 여대생들.

졸업 후 취업을 미끼로 하나둘 농락했다. 당시 진무섭의 복지기관은 국내에서도 손꼽히는 곳. 사회복지를 전공한 학생이라면 가고 싶은 직장의 하나로 꼽았다. 그걸 이용했다. 그렇게 그가 건드린 여학생만 20명이 넘었다.

백미는 임신한 여대생이었다. 졸업을 앞두고 여대생이 찾아왔다. 아이 문제와 취업 때문이었다. 진무섭이 약 한 봉지를 내밀었다. 자기 멋대로 만든 민간 처방이었다. 그걸 받아 마신 여대생은 위장이 녹아내렸다. 사흘을 참다 병원에 실려 갔다. 아이를 사산했다. 진무섭은 병원에 가면 문제가 될까 봐 민간요법으로 유산을 시킨 것. 이후 여대생은 시름시름 앓다가 1년 후에 사망했다.

그의 주특기는 로비였다. 학교 후배인 주먹 출신 유흥업소 사장을 이용했다. 꼬투리를 잡고 싶은 사람은 그가 운영하는 룸살롱으로 데려가 제대로 대접했다. 풀코스였다. 그렇게 접대를 받은 사람은 예외 없이 관계한 여성으로부터 성폭행 소송을 당한 것. 진무섭은 간단하게 원하는 걸 얻었다. 정적들도 그렇게 뭉개 버렸다.

백미는 사행성 게임법에 대한 활약상(?)이었다. 유흥업소 사장이 소개한 사행성 게임 사업가들. 그들로부터 현금이 가득 든 금고를 선물로 받고 영상물 등급 심의위원회에 압력을 넣었다. 사행성 게임에 합법적인 지위를 부여한 것이다. 오래

전 이야기지만, 당시 이런 사행성 게임으로 전국이 초토화되었다. 그게 바로 이 진무섭의 작품이었던 것이다.

그때 벌어들인 돈으로 국회에 자리를 잡았다. 상당액을 석귀동에게 바쳤다. 한때는 보은 성금으로 20억을 쾌척하기도 한 그였다. 당 공헌도가 낮은 현역들의 공천이 흔들리던 지난 총선이었다. 석귀동은 그 실탄으로 공천권에 영향력을 행사하던 은재구의 입을 막았다. 그 결과 공천 세 자리를 보장받았다. 그중 한 자리를 배당받아 금배지로 남은 게 진무섭이었다. 이후 석귀동이 부각되면서 그의 추천으로 장관도 역임했다. 상임위 위원장도 꿰찼다. 시정잡배만도 못한 쓰레기가 졸지에 중진 대우를 받은 것이다.

이번 강토에 대한 테러도 그 당시의 돈으로 새끼를 친 자금으로 한 것이다. 비밀이 탄로 날 것을 두려워한 나머지 공성술을 보내 도모한 것. 노숙자나 파탄지경의 외국인 노무자, 돈이 궁한 중국 동포 불량배를 시켜 칼을 담글 수도 있었다. 하지만 그렇게 되면 사회적 파장이 우려되었다. 궁리 끝에 택한 게 흔한 교통사고였다.

졸음운전!

음주운전!

과속운전!

우리 사회에 만연한 자화상. 누구도 의심하지 않을 흔하디흔한 시나리오. 그들이 택한 건 그쪽이었다.

"그런데 왜?"

이야기를 들은 문수가 강토를 바라보았다.

"아무런 조치도 내리지 않았냐고?"

강토가 되물었다.

"예."

"왜일까?"

강토가 웃었다.

"반 검사님에게 맡기실 겁니까?"

"아니!"

고개를 젓는 강토.

"그럼?"

"천벌이라고 아나?"

"천벌?"

"그런 게 있더군. 그러니 굳이 내 손에 쓰레기의 피를 묻힐 필요는 없잖아?"

강토의 시선은 먼 진무섭의 자택에 있었다. 머릿속 기억은 또렷한 종양 하나를 발견했다. 위치는 뇌하수체였다. 작지 않은 덩어리였다.

이제는 뇌 속 풍경에 정통한 강토. 그건 틀림없는 이상 물질이었다. 다른 사람의 뇌하수체와는 완연히 달랐기 때문이다. 그렇다고 욕망과 권위 덩어리가 거기에 매달린 것은 아닐 터였다.

상태는 급박했다. 그는 서울로 오면서 이미 두통을 호소했다. 오면서 터지지 않은 게 다행이었다. 그리고 강토의 예상은 그대로 적중했다.

"의원님! 의원님!"

보좌관들의 비명이 그의 자택에서 울려 퍼졌다. 곧이어 119구급대가 도착했다. 진무섭이 들것에 들려 나왔다. 혼비백산한 보좌관들이 그의 뒤를 따랐다. 강토는 멀어지는 구급차에 대고 혼자 중얼거렸다.

'쓰레기를 사람 타는 구급차에 태우다니…….'

더구나 숨까지 멈춘 쓰레기를.

실제로 진무섭은 병원 이송 도중에 사망했다.

그날 밤 반석기는 강남의 룸살롱을 급습해 진무섭을 도운 사장을 체포했다. 이어 진무섭과의 음모 일체를 자백받았다. 공성술도 자백했고 트럭 기사도 그랬다.

〈추악한 국회의원, 비리 부패 문제로 고민하다 스트레스 사[死]!〉

〈검증 대상 국회의원, 또 이강토 대표를 테러하려다 미수!〉

다음 날 아침, 진무섭의 자택은 계란세례로 홍수를 이루고 말았다. 원래 한국인들은 사람이 죽으면 웬만하면 참아준다. 하지만 진무섭의 경우는 달랐다. 그날 시민들이 던진 계란만 작은 트럭으로 두 대분이었으니 시민들의 분노를 알 만했다.

"대표님?"

아침, 사무실의 문수가 기사를 들어 보였다.

진무섭 사망!

'대표님의 작품입니까?' 하고 묻는 것이다.

강토는 그냥 웃어넘겼다. 강토가 뇌압을 행사했는지 아닌지는 진무섭만이 알 일이었다.

제8장
스펙 없이도 아름다운 사람들

"악!"

잠시 커피 타임을 가질 때였다. 인터넷 뉴스를 보던 세경이 비명을 질렀다.

"왜?"

덕규가 벌떡 일어섰다.

"이, 이거……."

세경이 컴퓨터 화면을 보며 부르르 떨었다.

"또 뭔데 그래? 대형 사고라도 났어?"

화면을 보던 덕규의 시선에도 지진이 일었다.

"……!"

"비행기라도 떨어졌어요?"

막 출근한 경호원 하나가 고개를 디밀었다.

"어, 윤선아 아니에요?"

경호원의 표정도 굳어버렸다. 기사는 윤선아에 대한 것이었다. K—퀸킹의 유력한 우승 후보이자 신의 목소리를 가진 여학생.

"결승전 했어?"

소파의 강토가 물었다.

"그게 아니고요, 어제 새벽에 연습 마치고 귀가하던 길에 괴한의 성폭행을 피하려다 뒤통수를 맞아 의식불명에 빠졌대요."

"응?"

강토가 벌떡 일어섰다. 의식불명?

"어떡해? 내일이 결승인데……. 아, 진짜 한국 남자들……."

세경은 자기 일처럼 안타까움에 떨었다.

강토는 천천히 기사를 읽었다. 1년여의 대장정. 이제 마지막 남은 결승전. 유종의 미를 거두기 위해 밤을 새워 연습한 모양이다. 그리고 새벽 귀갓길에 술 취한 인간을 만났다. 그는 윤선아를 덮쳤다. 저항하던 윤선아가 달아나다가 범인이 휘두른 둔기를 맞았다. 그야말로 황당한 일이었다.

"대표님, 저 윤선아 병원에 좀 가봐도 돼요?"

세경이 물었다. 덕규와 경호원이 세경을 바라보았다. 안타

까운 것은 이해가 가지만 네가 왜? 둘의 시선은 그런 눈빛이
었다.

"실은 제가 윤선아 팬클럽 총무를 맡았어요."

"총무? 세경 씨가?"

"저번에 대표님이 사인 받아다 줬잖아요. 그거 SNS에 올렸
다가 가입하게 됐는데… 아빠 치료비 모금한다는데 보니까 모
인 돈이 많지 않았어요. 그래서 대표님이 준 보너스 팍 떼서
윤선아 아빠 치료비에 보탰거든요. 그랬더니 총무 하던 애가
저한테 총무 맡아달라고 등 떠미는 바람에……."

"엑? 세경 씨가 총무? 나도 거기 가입했는데……."

덕규가 자지러졌다.

"나둔데……."

경호원도 말끝을 흐린다.

"안 될까요?"

세경이 강토를 바라보았다.

"다녀와!"

강토가 허락했다. 윤선아는 강토도 안면이 있었다. 방송국
앞에서 조아인과 함께 만난 것이다. 마치 음악의 요정처럼 낭
랑하고 초롱초롱하던 소녀. 그런 소녀에게 내린 날벼락이라
니…….

세경이 나가기가 무섭게 아인에게서 전화가 왔다.

─강토 씨!

그녀 역시 윤선아 소식이었다. 인터넷 기사보다도 더 구체적인 내용이었다.

의식불명!

내일까지 깨어날 가능성 없음!

―뉴스 정리하다가 들었는데 너무 안타깝잖아요. 정신없는 통에 옆에 있는 송 차장님이 강토 씨 이야기를 하길래…….

"……"

―그렇죠? 강토 씨가 하느님인 건 아니니…….

아인의 목소리가 흐려졌다.

강토는 지나간 사건을 떠올렸다. 아인이 부탁한 어린이 성폭행범 검거 건이다. 아인과 송재오는 그걸 떠올린 모양이다.

"병원, 어디예요?"

강토가 물었다. 한번 보기라도 해야 할 것 같았다.

―가보시게요?

"나도 좋아하던 친구라……."

―고마워요. 강남 상모병원이에요.

강남 상모병원.

강토는 가만히 전화를 내렸다.

"방 실장."

강토가 문수를 바라보았다.

"상담 건이 있지만 미루어두겠습니다."

눈치를 차린 문수가 웃었다.

"차 대겠습니다!"

덕규도 벌떡 일어나 밖으로 달렸다.

"경호팀도 수고 좀 해야겠네."

그걸 본 문수가 웃으며 말했다.

윤선아!

그녀의 인기는 대단했다. 병원 복도에 도착한 강토는 무슨 최고 스타라도 찾아온 줄 알았다. 병원 로비와 복도에 윤선의 팬클럽 흔적이 어마어마했던 것이다. 꽃도 많았다. 복도를 따라 창턱이 꽃밭으로 변했다.

"대표님!"

팬클럽 멤버들과 대화를 하던 세경이 강토를 보고 손을 흔들었다.

"어떻게 오셨어요?"

"혹시라도 내가 뇌파 자극으로 작은 도움이라도 될 수 있나 해서……."

"우와, 여러분! 여기 좀 보세요! 우리 대표님이 왔어요! 이강토 대표님이에요!"

세경이 멤버들을 향해 소리쳤다.

"와아아아!"

멤버들이 환호하며 강토 곁으로 옹기종기 모여들었다.

"윤선아를 살려주세요!"

"결승전 나갈 수 있게 도와주세요!"

"윤선아는 나가야 해요! 제발 부탁해요!"

팬들은 일제히 눈물을 쏟아냈다. 의료진도 어쩔 수 없는 상황. 그들은 지푸라기가 아니라 머리카락이라도 잡고 싶은 것으로 보였다.

"강토 씨!"

그들 사이로 아인이 보였다. 송재오도 함께였다.

"안녕하세요?"

강토가 송재오에게 인사를 건넸다.

"가능하다면 꼭 부탁합니다. 팬들 보셨죠? 윤선아는 꼭 일어나야 합니다."

"우선 의사부터……."

"들어가세요. 당신이 오신다고 이야기를 해두었습니다. 그분들도 살짝 기대하고 있더군요."

송재오가 병실 문을 열었다.

윤선아는 거기 있었다. 산소호흡기를 낀 모습이 종잇장처럼 하얘 보였다. 천상의 목소리로 불리던 십 대 중반의 소녀. 위암 말기의 아버지를 위해 우승하러 왔다던 당찬 소녀.

그녀는 이미 가수가 아니었다. 가수지망생도 아니었다. 주검의 냄새를 물씬 풍기는 중환자일 뿐.

"곽 박사님, 이강토 대표님이 오셨습니다."

송재오가 의료진에게 강토를 소개했다. 강토는 의료진과 간단히 인사를 나누었다.

"원인을 알 수 없는 의식불명입니다. 아무래도 타격에 의한 급격한 충격으로 심각한 뇌진탕이 일어난 것 같습니다."

'뇌진탕……'

"심각한 건 여타 반응이 전무하다는 겁니다. 게다가 바이오 리듬 같은 것도 전부 하향이라……. 우리의 판단으로는 깨어나는 게 문제가 아니라……."

의사가 말끝을 흐렸다. 깨어나는 게 문제가 아니라 이대로 죽을 수도 있다는 뜻이었다.

"제가 뇌파를 좀 맞춰봐도 되겠습니까?"

강토가 물었다.

"그렇게 하십시오. 이 친구 재능이 대단하다기에 우리 병원 뇌의학 의료진이 총동원되었지만 현재 상황에서는 더 손쓸 일이 없습니다."

의료진은 그 말을 남기고 퇴장했다.

"강토 씨."

아인이 강토를 바라보았다.

"결승전은 언제 하는 거죠?"

"내일 저녁 일곱 시에 공개홀에서 생방송으로……."

"연기할 수는 없나요?"

"안타깝게도 그건 안 돼요. 다른 후보들이 있으니까요."

"그럼 윤선아가 몇 시까지 방송국에 가야 합니까?"

"저녁 일곱 시죠. 그것도 윤선아가 노래를 할 수 있다는 가정이 있어야 되지만……."

"알았어요. 두 분도 나가주세요."

"강토 씨!"

"최선을 다할 테니 걱정하지 말고요."

"하지만 당신도……."

부작용의 우려를 가지고 있잖아요?

아인의 눈에 맺힌 우려가 보였다. 딱한 사정의 윤선아를 위해 부탁한 아인. 그러면서도 강토의 전력을 알기에 그 또한 걱정이 아닐 수 없었다.

"내가 죽지 않을 만큼만 할게요."

"강토 씨!"

송재오가 먼저 나가자 아인이 안겨왔다.

"아까운 애 한번 살려보자고요."

강토는 그녀의 이마에 키스를 해주었다.

탁!

아인까지 퇴장하자 병실 안에는 적막만이 남았다. 산소공급기의 작은 기포와 다른 용액들의 기포가 보인다. 기포들이 조금 더 확대되었다. 어쩌면 6번 뇌가 들어 있던 실험관 같기도 했다.

'윤선아…….'

가만히 그녀를 바라보았다.

'한번 해보자고!'

강토는 그녀 안으로 매직 뉴런을 출격시켰다.

"……!"

매직 뉴런들은 입구부터 주춤거렸다. 거부감이다. 혼미한 힘이 뒤섞여 무엇이든 튕겨내고 있었다.

'후웁!'

호흡을 모아 가속을 붙였다. 그 속도감으로 밀었다. 윤선아의 뇌가 그제야 강토의 매직 뉴런의 가지를 하나둘 받아들였다. 하지만 느렸다. 뇌 속의 상황은 시간이 정지된 것처럼 보였다. 강력한 막에 걸린 진공이 거기 있었다. 혈류의 속도는 거의 정지된 듯해 보였고 이온들 역시 지지부진하기는 마찬가지였다.

'후우!'

일단 후퇴.

강토는 땀으로 범벅이 된 몸으로 물러났다. 그새 두 시간이 지난 후였다.

두 번을 더 시도했다. 그러나 별 진전이 없었다. 겨우 전두엽이 열리나 싶었을 때 자정이 되었다. 소득도 없이 밤이 깊어버린 것이다.

"대표님!"

세경이 두 번째 식사를 가져왔다.

"힘드시면……."

이제 그녀는 강토를 걱정하고 있었다. 될 일이라면 이렇게 오래 걸리지 않는다는 걸 아는 세경이다.

"팬들은?"

"다들 아직도……"

"밤새울 모양이군."

"……"

"나가봐."

"대표님!"

"내 걱정 말고. 천천히 하고 있거든."

"흑!"

강토의 마음을 아는 세경은 눈물을 감추고 복도로 나갔다.

새벽이 왔다. 밤이 끝나갈 무렵에 뇌 속 환경이 살짝 변하나 싶었지만 다시 카오스로 돌아갔다. 강토는 창가의 의자로 물러나 쉬었다.

의료진이 들어왔다. 그들은 윤선아를 체크하더니 말없이 나갔다. 어제와 달라진 게 하나도 없다고 했다. 윤선아는 밤을 건너와서도 깊고 깊은 침묵을 향해 달리고 있는 것이었다.

똑똑!

아침이 되자 아인이 들어왔다.

"강토 씨!"

아인 역시 강토 걱정을 했다. 강토 꼴이 말이 아니었기 때문이다.

"뭡니까, 그 불쌍한 눈빛?"

"이제 그만해요. 강토 씨는 최선을 다했어요."

아인이 강토에게 안겼다.

"……."

"윤선아도 알 거예요. 강토 씨가 최선을 다했다는 거."

"……."

"알았죠?"

아인이 강토를 올려다보았다. 강토는 그 눈을 바라보다 가만히 고개를 저었다.

"강토 씨!"

"아인 씨!"

"네?"

"새벽에 잠깐 멍한 상태였는데 무슨 소리가 들렸어요."

"무슨?"

"윤선아의 노랫소리요."

"강토 씨!"

"저 아이는 지금 무의식 속에서도 결승전 곡을 연습하고 있어요. 안 들려요?"

"강토 씨……."

"우린 저 노래가 밖으로 나오게 해줘야 해요. 내 생각에는 그래요."

"하지만……."

"내 인생 길고 길잖아요? 오늘 하루쯤 저 아이에게 줘도 괜찮습니다. 그렇지 않나요?"

"강토 씨……."

"걱정 말고 응원해 줘요. 아인 씨까지 그렇게 울먹이면 내가 힘이 빠집니다."

"강토 씨……."

아인이 다시 강토의 품을 파고들었다. 아인은 알았다. 이 남자, 말릴 수 없다는 것을. 동시에 자랑스러웠다. 컨설팅 한 방으로 몇백억도 우습게 벌어들이는 남자. 그런 남자가 아무런 대가도 바라지 않고 병실에 있다. 최선을 다하고 있었다. 희생과 봉사를 위해 한순간 자신을 바치는 청춘. 그보다 더 아름다운 일은 없었다.

"좋아요, 해내세요. 당신은 내 남자니까."

아인이 말했다.

"오케이, 진작 그렇게 나와야죠."

강토가 웃었다.

다시 매직 뉴런이 출격했다. 이제 입구 쪽은 조금 열린 상황. 하지만 의식을 관장하는 곳까지 가려면 멀고도 먼 길이다. 사력을 다했지만 강토는 여전히 실패를 거듭했다. 마치 맨손으로 긁어 강철 문을 뚫으려는 꼴이었다. 시계를 보았다. 그새 오후 3시를 넘고 있었다.

─해당 프로그램 피디가 6시까지는 추이를 보겠답니다.

아인이 문자로 방송국 사정을 전해왔다.

강토가 분전하는 소식은 방송을 통해 나갔다. 이제는 국민들까지도 강토를 응원하고 있었다.

다섯 시가 되었다.

복도의 사람들 표정이 어두워지고 있었다. 아침부터 달려온 문수와 재희도 그랬다. 늘 활발하던 덕규도 마찬가지였다. 세경은 말할 것도 없고 팬클럽 멤버들은 주저앉아 일어나지도 못했다.

'후우!'

사력을 다하던 강토가 윤선아에게서 물러섰다. 도무지 기미가 보이지 않는 것이다.

＊　　　　＊　　　　＊

아인이 병실로 들어섰다. 방송국 채 국장, 의료진과 함께였다. 아인은 말 대신 강토의 손을 잡았다. 6시가 지난 직후였다.

—자책 마세요!

—당신은 최선을 다했어요!

—다들 당신을 자랑스러워해요!

그녀의 눈빛은 그랬다.

"이제 좀 쉬어요."

아인이 물 한 잔을 내밀었다. 물을 마시며 생각에 잠겼다.

6시!

방송국 측의 데드라인이 지났다. 허탈했다.

문제는 하나였다. 길이 뚫리지 않는 것이다. 전력 총공세. 수많은 매직 뉴런을 몰아쳐 밀어붙여 본 강토. 그러나 윤선아의 뉴런들 반응이 미진하다 보니 시냅스 연결에 속도가 붙지 않았다. 그렇기에 강토가 원하는 위치로 갈 수 없는 매직 뉴런들.

강토는 창밖으로 시선을 돌렸다. 응급환자를 위한 헬기장이 눈에 들어왔다. 이 병동에 딸린 낮은 건물 옥상이다. 헬기가 오면 저기에 착륙한다. 먼 곳에서 한 방에 도착하는 것이다. 왜 헬기 이송을 생각했을까? 간단하게는 시간 때문이고 부수적으로는 차량 때문이다. 응급환자 이송 중에 도로라도 막히면 큰일이다. 뚫리지 않는 길에 애를 태우는 사이 환자가 죽는 것이다.

'헬기로 단숨에 병원 건물까지!'

응?

골똘하던 강토의 머리에서 안개가 걷히는 게 느껴졌다.

오 마이 갓!

강토가 잔을 놓았다.

쨍강!

잔이 박살 나는 소리가 병실을 울렸다.

"강토 씨!"

"잠깐, 잠깐만. 마지막으로 한 번만요!"

강토는 서둘러 침대 머리맡으로 뛰었다. 그런 다음 매직 뉴
런을 겨누었다. 이번에는 형태가 달랐다. 찬란한 궤적이 아니
라 오직 한 줄기였다. 뉴런을 하나하나 일렬로 세운 것이다.

일렬!

'출격!'

강토가 명령했다. 뉴런들은 일단 윤선아의 머리 부근을 회
전하며 돌았다. 맹렬하게 돌았다. 그러다 속도감이 최대에 달
했을 때 강토의 명령이 한 번 더 작렬했다.

'진입!'

패애애액!

뉴런들은 마치 광속 레이저처럼 보였다. 다른 것은 없었다.
직진, 그저 직진이었다. 지금까지 하던 것과 달랐다. 입구의
뉴런들과 접속하는 단계별 작동이 아니었다. 그저 추진력을
이용해 해마옆이랑으로 날아가는 것이다.

해마옆이랑은 대뇌피질과 해마체를 연결하는 인터페이스.
이상이 있다면 그곳이라고 판단한 강토였다.

"……?"

그 전략이 통했다. 매직 뉴런이 마침내 해마옆이랑 부위에
도착한 것이다.

"나이스!"

강토가 주먹을 불끈 쥐었다. 바로 이거였다. 전체가 아니라 부분, 입구부터의 정상화가 아니라 깊고 깊은 코어(Core)의 목표물에서 정상화를 시작하려는 강토였다.

사라락!

길고 긴 줄로 들어온 매직 뉴런들이 해마옆이랑 부위로 포진하기 시작했다. 이제 진짜 전투를 벌일 시간이었다. 강토는 모든 힘을 끌어올려 스파인을 부풀렸다. 이온들도 최대치로 끌어올렸다.

'부탁해!'

딸깍!

그녀의 꺼진 뇌 속에 스위치를 올렸다. 제발이라는 단어를 쉴 새 없이 반복하면서.

한 번, 또 한 번!

매직 뉴런들의 시냅스가 조금씩 활발해지나 싶을 때였다. 뭔가 환한 느낌이 감지되더니 매직 뉴런의 시냅스가 폭발적으로 반응하기 시작했다.

'됐다!'

강토도 꿀렁거렸다. 긴장도가 너무 높았던 것이다.

순간,

"으응……."

윤선아의 입에서 소리가 나왔다. 모두가 기다리는 그 소리였다.

"까악! 선아가 눈을 떴어요!"

옆에 있던 아인이 병실이 떠나가라 소리쳤다. 그게 신호였다. 윤선아의 손발이 움직이고 어깨가 움직였다.

"강토 씨!"

감격한 아인이 강토에게 날아들었다.

"허어, 진짜 대단하시군. 우린 안 되는 줄 알았는데……."

의료진도 혀를 내둘렀다.

"여러분, 윤선아가 깨어났어요! 이강토 대표님이 해냈어요!"

세경이 그 소식을 멤버들에게 전했다.

"와아아아!"

복도는 난리가 났다. 밤샘 피로에도 불구하고 멤버들은 서로를 껴안고 어쩔 줄을 몰랐다.

"앵커 언니……."

산소마스크를 제거한 윤선아가 아인을 바라보았다.

"괜찮아? 다들 네 걱정 했어."

"여긴……?"

"병원."

"그럼 결승전은요?"

"……."

"언니……."

"선아야."

"네."

"내 말 잘 들어."

"……?"

"결승전 곧 시작할 거야. 하지만 너는 다시 깨어난 것만으로도 이미 우승자야."

"안 돼요. 우리 아빠가 기다리신다고요."

윤선아의 눈에서 눈물이 흘러내렸다.

"아빠도 이해하실 거야."

"싫어요. 저 좀 방송국에 데려다 주세요. 저 죽어도 무대에서 죽어요."

"선아야……"

"제발 부탁해요. 저 괜찮아요. 노래할 수 있다고요."

윤선아가 의료진을 바라보았다. 의료진은 고개를 저었다. 겨우 사선을 넘어온 아이이다. 그런 아이를 어떻게 생방송에 세운단 말인가?

"제발요. 저 가야 해요."

윤선아가 침대에서 내려오려 하자 아인이 막았다. 그러자 윤선아가 노래를 불렀다. 그 노래였다. 오늘 결승전을 위해 준비한 그 노래. 강토가 무의식중에 들은 그 노래.

"보내죠."

강토가 말했다.

"안 됩니다. 노래하다 죽을 수도 있어요."

의료진도 막았다.

"전에 제가 들은 말인데… 후두암에 걸린 가수가 있었습니다. 의사들이 그를 막았죠. 노래 계속하면 당신 죽는다고. 그때 그 가수가 이렇게 말했답니다. 노래 못 하면 지금 죽을 거 같다고."

"……."

"아인 씨, 어때요?"

"하지만 시간도……."

시계를 보았다. 6시 35분이었다.

"그건 내가 맞춰보죠. 귀신같은 카레이서가 있거든요. 선아야, 가자."

강토가 선아의 손을 끌었다. 환자복을 입은 채였다.

"황 부실장!"

복도로 나온 강토가 덕규를 불렀다.

"예, 대표님!"

"실력 발휘 좀 해야겠다. 대표이자 네 형으로서 명령하는데 네 목숨을 걸더라도 이 아이 일곱 시까지 여의도 방송국에 도착시켜."

강토의 명령은 지엄했다.

바아앙!

벤츠가 출발했다. 폭풍 시동이었다. 그대로 도로에 올라선 덕규는 카레이싱을 하듯 도심을 빠져나가기 시작했다. 신호도

무시했다. 차간 거리도 무시했다. 좁은 틈이라도 나면 그곳으로 빠졌다. 좁은 틈새를 빠지느라 다른 차량들 사이드 미러를 몇 개나 작살내기는 했지만 방송국 앞에 도착할 때까지 단 한 번도 서지 않았다. 물론 수리비 뒷수습은 문수의 몫이었다.

"여기요!"

방송국에 도착하자 직원들이 손을 흔들었다. 아인과 채 국장에게 연락을 받은 스텝들이었다.

"환자복?"

윤선아를 본 그들의 눈이 휘둥그레졌다. 기초 메이크업도 하지 않은 윤선아. 거기에 헐렁한 환자복. 그들은 고민 끝에 윤선아를 그대로 무대에 올렸다. 시간이 없었기 때문이다.

"선아야!"

스텝들과 들어가는 선아를 강토가 불렀다.

"이 대표님!"

"파이팅!"

강토가 주먹을 쥐어 보였다. 윤선아 역시 주먹을 쥐어 보이고는 시야에서 사라졌다.

"형!"

덕규가 다가왔다.

"잘했다."

강토가 덕규를 격려했다.

"윤선아가 왔대요!"

"윤선아가 출전한대요!"

방청석도 술렁이고 있었다. 그들 역시 SNS를 통해 윤선아의 소식을 듣고 있었다. 그녀의 의식 회복을 간절하게 기원하고 있었다. 그렇기에 한마음으로 그녀의 도착을 기뻐했다.

"다음은 천상의 목소리로 불리는 이 후보의 차례입니다. 누구일까요?"

사회자가 방청석을 돌아보았다.

"윤선아!"

"윤선아!"

맨 끝의 출입구에서 세경과 팬클럽 멤버들이 들어서고 있었다. 그들의 손에는 플래카드가 들려 있었다. 사람들은 먹먹함에 말을 잇지 못했다. 윤선아와 함께 사경의 밤을 건너온 팬클럽이 도착한 것이다.

강토도 아인과 함께 앞쪽의 임시 의자에 자리를 잡았다. 스텝들의 배려였다. 강토는 그만한 대우를 받을 자격이 있었다.

"맞습니다. 강력한 우승 후보 1순위로 꼽히는 천상의 목소리. 지금까지의 K-퀸킹 수준을 서너 단계 업그레이드시킨 장본인. 괴한에게 불의의 습격을 받고도 불굴의 의지로 달려온……."

사회자의 시선이 스텝 출입문 쪽으로 향했다.

"윤선아입니다!"

호명과 함께 윤선아가 보였다.

"와아아아!"

"윤선아! 윤선아!"

장내가 들썩이기 시작했다. 방청객들은 너나 할 것이 기립박수로 윤선아를 응원했다. 결승에서 경쟁하는 다른 후보자 둘도 마찬가지였다.

기립박수!

K—퀸킹 역사상 처음 있는 일이었다.

"윤선아!"

"윤선아!"

연호는 그치지 않았다. 사회자가 진행을 할 수 없을 정도였다. 그사이에 문수와 재희도 도착했다. 그들 역시 스텝들의 배려로 강토 옆의 임시 의자에 자리를 잡았다.

"황 부실장."

문수가 덕규를 바라보았다.

"왜요?"

"내가 수리비 얼마나 물어주고 온 줄 알아?"

"많이 나왔어요?"

"딱지는 또 얼마나 끊겼을까?"

"에? 그거 내 월급에서 까려고요?"

"아니, 얼마가 나오더라도 걱정하지 말라고."

"난 또……."

덕규는 안도의 숨을 쉬며 목덜미를 긁었다.

전주가 나왔다. 윤선아가 조명 속에 섰다. 환자복 그대로였다.

"아, 잘할 수 있을지 모르겠네."

덕규의 우려가 새어 나왔다.

"잘할 거야."

강토가 말했다. 강토는 그녀를 믿었다. 어리지만 누구보다 강한 의지의 소유자였다. 그녀의 아버지를 향한 또렷한 목표 의식. 그건 신도 말릴 수 없는 일이었다.

윤선아의 노래가 시작되었다. 그녀는 정말 인간이 아니었다. 때로는 영혼을 흔들고, 또 때로는 심금을 울리는 노래는 방청객 모두를 무아지경으로 몰아넣었다.

의식불명으로 주검의 창 앞에 서성이던 모습은 어디에도 없었다. 만약의 경우를 위해 대기시킨 앰뷸런스. 그것조차 무색하게 만드는 열창이었다.

그녀의 노래는 완벽했다. 흔들림도 없었다. 그녀의 말 그대로였다. 무대 위에서 죽어도 좋다는 의지를 고스란히 보여준 것이다.

사랑해요~

이 세상 모든 것~

그대와 함께 사랑해요~

이 생의 끝 날까지~

사~랑~해~요~

여신의 목소리가 절정에 도달했다. 그녀는 후렴구를 두 번 더 하고 노래를 끝냈다.

"와아아!"

짝짝짝!

다시 기립박수가 터져 나왔다. 박수가 어찌나 강한지 이번에도 사회자가 끼어들지를 못했다. 그 박수가 겨우 잦아들었을 때에야 사회자의 멘트가 나올 정도였다.

심사평이 나왔다.

"할 말이 없습니다. 전에도 말했지만 이건 감히 제가 평가할 수준의 노래가 아닙니다."

첫 번째 심사위원이다.

"선아는 저희 기획사에서 함께 연습했습니다. 솔직히 제가 지도한 게 아니라 오히려 지도를 받았음을 고백합니다."

두 번째 심사위원의 평도 극찬의 연속이었다.

"저는 제가 이 자리에 있다는 것만으로도 영광으로 생각합니다. 감히 윤선아 양의 노래를 심사하다니요. 노래는 말할 것도 없고 큰 사고를 당하고도 결연하게 출전해 준 윤선아 양에게 존경의 뜻을 전합니다."

마지막 심사위원의 평이 끝났다.

"자, 이제 세 분 후보자 모두 무대로 나와 주십시오."

사회자가 후보석을 바라보았다. 여자 하나와 남자 하나가 나왔다. 최종전까지 온 이들이니 다들 엄청난 실력의 소유자이다. 그러나 그들 역시 윤선아 옆에서는 빛을 발하지 못했다. 그만큼 윤선아는 압도적이었다.

"그럼 올해의 우승자를 발표하겠습니다."

사회자의 멘트가 나오자 장내는 숨을 죽였다. 강토 일행도 그랬다. 강토는 아인의 손을 잡고 있었다. 밤을 새웠지만 고단하지 않았다.

"우승자는……."

사회자가 세 후보를 바라보았다. 그리고 뜸들이지 않고 바로 봉투를 개봉했다.

"천상의 목소리 윤선아 양입니다!"

"와아아아!"

방청석은 팬클럽 쪽에서부터 난리가 났다. 다른 방청객들도 크게 다르지 않았다. 그녀의 우승, 그것은 예견된 일이었지만 그 예견보다 극적이었다. 사선을 넘어온 까닭이다.

꽃다발이 안겨졌다. 팬클럽의 세경과 멤버들도 올라가 꽃다발을 주었다. 그녀는 꽃에 묻혔다. 그럴 자격이 충분한 그녀였다.

"소감 한 말씀 하셔야죠?"

사회자가 윤선아에게 마이크를 대주었다.

"지금 이 화면이 방송으로 나가나요?"

선아가 물었다.

"그럼요. 전국으로, 해외로 다 나가고 있습니다."

"그럼 안 되는데. 아빠가 걱정할 텐데……."

그녀의 눈가에 이슬이 고였다. 자기보다 아빠를 더 걱정하는 그녀였다.

"선아 양이 무대에 나왔으니 걱정하지 않으실 겁니다. 아빠에게 인사 전하시죠?"

"아빠, 저 1등 먹었어요. 그러니까 아빠도 힘내서 꼭 다시 일어나세요. 알았죠?"

그녀가 소감을 말하자 방청석이 숙연해졌다. 어린 소녀, 그 아빠는 말기 위암 투병 중이다. 그럼에도 불구하고 어린 몸으로 한국까지 날아와 당당히 우승을 거머쥔 그녀였기 때문이다.

"또 생각나는 분에게 한 말씀 하시죠."

"다음으로는 저기……."

그녀의 손이 임시 좌석의 강토를 가리켰다.

"이강토 대표님……."

그녀의 눈에서 눈물이 쏟아지기 시작했다.

"이강토 대표님, 잠깐 자리에서 일어나 주시죠?"

사회자가 강토를 불렀다. 강토가 주저하자 아인이 부추겼다. 하는 수 없이 강토가 일어섰다.

"이강토!"

"이강토!"

세경이가 주범이었다. 팬클럽을 선동(?)한 그녀가 연호하자 방청객들도 뜨겁게 강토의 이름을 불렀다. 사회자의 몸짓 역시 강토를 겨누고 있었다.

올라와 주시죠.

부탁합니다.

그런 자세였다.

"빨리 가봐요."

아인이 또 등을 밀었다. 별수 없이 걸음을 떼었다.

"이강토!"

"이강토!"

방청석의 응원 소리가 강토의 발을 밀었다. 무대에 올라서 자 윤선아가 달려왔다. 그녀는 꽃다발 전부를 강토에게 안기 며 고마움을 전했다.

"대표님, 고맙습니다. 덕분에 저 우승했어요."

윤선아의 눈에서 눈물이 홍수를 이루었다.

"……."

"저 죽을 때까지 대표님의 고마움 잊지 않을 거예요. 정말… 정말 고마워요."

눈물과 함께 인사를 하는 윤선아. 멍한 강토의 귀에 천둥 같은 박수 소리가 들려왔다.

짝짝짝짝짝!

"이강토!"

"윤선아!"

방청객들은 강토와 윤선아를 번갈아 연호하며 축하해 주었다. 화면은 그 장면을 전국에 퍼 나르고 있었다.

  어떻게 보면 무엇도 아닌 사람들, 화려한 타이틀 하나 없는 사람들, 그러나 스스로 그 무엇인 척하는 대한민국의 지도층보다 훨씬 더 강렬하게 국민들 마음에 위로와 용기를 주는 사람들. 그런 사람들이 만들어낸 환상의 한 장면이었다.

  척!

  아인은 강토를 향해 쌍권총 엄지 척을 보였다.

  척척!

  문수와 재희도 그랬고 덕규와 세경이도 그랬다.

  시크릿 메즈!

  그리고 매직 뉴런!

  그 기이한 능력이 피워낸 또 하나의 기적. 강토는 윤선아의 손을 잡고 번쩍 치켜들었다. 그녀의 아름다운 재능이, 아름다운 마음이 오늘의 감격보다 더 찬란하게 꽃피기를 바라며.

에필로그
몰디브에서

강토는 툭 트인 접안장에 나와 있었다. 바람이 상큼했다. 가볍게 휘날리는 셔츠 속에서 화려한 꽃무늬가 아롱졌다. 반바지에 샌들 또한 주변 풍광과 잘 어울렸다.

시야에 들어오는 해변은 말 그대로 원시의 에메랄드 색이었다. 초록의 투명함이 번져가는 해안은 멀어졌다 다가오기를 반복하며 손짓을 해댔다. 어서 들어오라고, 퐁당 빠져보라고.

강토는 접안장에 걸터앉았다. 내린 두 발에 바닷물이 닿았다. 산호초 맑은 물속으로 어린 열대어들이 오가는 게 보였다. 몇 놈은 겁도 없이 강토의 발가락을 쪼아댔다.

"자식들!"

강토가 웃었다. 하늘을 보았다. 그 또한 바다를 닮았다. 어느 것이 바다고 어느 것이 하늘인지 때로는 구분이 되지 않았다.

청명함…….

그 청명한 바다에 떠 있는 요트로 올라섰다. 선체부터 돛대까지 온통 흰색으로 만들어진 요트는 눈이 시릴 정도였다. 강토의 요트다. 이 요트를 타고 주변 바다를 돈 게 몇 번인지 모른다. 한 의뢰를 끝내고 가뜬하게 나서는 항해는 무엇과도 비교할 수 없는 에너지원이자 즐거움이었다.

돛대에 기대 한국을 생각했다. 뇌리에 국회의원 검증의 날이 스쳐 갔다.

길고 긴 협의 끝에 국회는 비리 혐의 의원들을 검증대에 세웠다. 어떻게든 강토의 예봉을 피하고 싶은 그들이었지만 국민의 시선이 있었다. 또한 김무혁이 있었다.

NLL에서의 북한 순시 선원 구출 이후 남북의 화해 모드는 빠르게 진행되었다. 중단되었던 경협이 재개되고 개성공단이 돌아갔다. 금강산 관광도 더 확대되고 간소화되어 시행되었다.

슬슬 밀사설이 흘러나왔다.

'대체 그 밀사가 누구였어?'

궁금증도 증폭되었다.

장철환이 그걸 흘렸다.

〈숨은 밀사 김무혁〉

김무혁!

국회에서 청정운동을 주도한 사람. 모든 국회의원이 권위의
식과 제 발 저려 피하려는 비리 검증을 자처한 사람. 여러 가
지 좋은 이미지가 겹쳐지면서 단숨에 김무혁이 부상되었다.

차기 대통령감!

여론조사에서도 기타 잠룡들을 몰아내고 1등에 올라섰다.
그의 인지도와 당선 가능성은 무려 70% 이상을 상회하고 있
었다.

그 즈음에 강토가 국회 본회의장에 나섰다. 그들이 마지못
해 마련한 검증장. 몇몇 의원이 단체로 찾아와 추파를 던져왔
지만 만나지 않았다. 차라도 한잔 대접하면 또 무슨 없는 말
을 만들어낼지 모르는 사람들이었다.

첫날 대상자는 세 명이었다. 그들이 정한 순서였다. 상관없
었다. 강토는 그들의 비리를 매우 적나라하게 밝혀주었다. 정
정련에서 수집한 비리는 그저 베이스에 불과했다.

말이 길어질 테니 한 케이스만 설명하겠다. 첫 주자로 검증
대에 올라선 A의원이다. 그는 완전무장을 하고 있었다. 시계
와 안경, 목걸이 등등이 그랬다. 소위 뇌파 교란 물질들이다.
그것으로도 부족해 약도 먹은 상태였다. 나름대로 강토의 매
직 뉴런을 피해갈 처방을 갖춘 것.

'푸웃!'

실소가 나왔다. 정말이지, 웃픈 일이라 눈물까지 나왔다.

A의원의 최대 비리는 정경유착이었다. 그는 대기업 사주를

내세워 처가의 골칫덩어리 건물을 매입하도록 만들었다. 대신 자신이 국감에서 제시할 의혹을 포기하겠다는 게 조건이었다. 나름의 정보망을 통해 그 기업의 약점을 잡은 A의원. 뜻한 대로 건물을 넘겼다. 중개인도 없는 그들만의 거래였다. 그러나 그 또한 세금 포탈의 한 방법. 건물 시가가 1,200억이 넘었으니 해먹은 세금만 해도 몇십억은 될 것이다.

그러나 A의원은 강력하게 저항했다.

"증거를 내놓아라! 내가 진짜 그랬다면 이 자리에서 할복이라도 하겠다!"

그들이 단골로 쓰는 멘트였다.

아직도 정신을 못 차리고 있었다.

그는 장황하게 궤변을 늘어놓았다. 그 건물 매매는 하자가 없으며 자기 자신은 그 기업의 사장을 알지도 못한다고 목청을 높였다.

강토가 웃었다. 그는 모르고 있었다. 그가 그 건물을 매매하기 위해 벌인 공작의 과정들. 중개사부터 관련자를 만난 장소며 시간, 모의한 내용, 강요한 것들을 디테일하게 꿰고 있다는 걸.

제일 먼저 기업의 사장 사진을 보여주었다. 그 사장이 자신의 지역구 행사에 참석한 사진이었다. 강토는 그걸 그의 기억에서 보았다. 그의 홈페이지 '활동 보고' 이미지에도 있는 그림이었다. 다만 오래되어 저 아래에 있을 뿐이었다. 제 단도리도 제대로 못하는 주제의 의원 나리. 그걸 화면에 띄우자 입이

쩍 벌어졌다.

'추잡한 말종!'

강토는 그의 뇌를 장악해 버렸다. 사뿐히 힘을 주자 의원은 더 이상 핏대를 올리지 않았다. 결국 그는 모든 것을 자인했다. 뭐든 부정하려고 하면 뇌에 지진이 일어난 것이다.

'기선 제압!'

강토는 그 단어를 생각하고 있었다. 그래서 조금 가혹하게 다뤘다. 국회 안에서는 무소불위의 사람들. 이것저것 고려하다 보면 변수가 나올 수도 있었다. 그렇기에 본때를 보여준 것이다.

A의원은 고개를 떨군 채 넋을 잃고 나갔다. 정정련에서 제시한 비리 내용은 상당수 사실이었다. 그러나 강토가 밝혀낸 비리는 그보다 더 많았다. 아니, 정말 추잡한 비리는 강토만이 밝혀낼 수 있었다.

B의원이 올라왔다.

B의원은 전 8급 여비서를 세컨드로 앉혀놓고 있었고,

C의원은 신분을 숨기고 성매매를 몇 번이고 한 점을 밝혀 냈다. 뒤가 켕길 걸 알았는지 가면까지 사용한 프로 근성(?)의 소양도 지니고 계셨다.

지역 시도 의원들에게 받은 상납금과 소관 상임위 관련 기업과 단체들에게 받은 뇌물, 향응, 해외 접대, 자서전 강매, 정치 후원금 강요 등도 낱낱이 털어놓았다. 비리와 불법, 탈법은 그들이 즐겨 내세우는 스펙만큼이나 많았다. 국회를 나간 세

의원은 모두 병원으로 실려 갔다.

사실 그들은 기대하는 것이 있었다. 강토가 일부에 대해서는 뇌파가 맞지 않는다는 정보를 기대한 것이다. 하지만 그들은 몰랐다. 그건 강토가 단지 자신의 진퇴를 위해 만들어둔 하나의 탈출구에 불과하다는 사실을.

이틀째 검증이 진행되었다. 이때까지 여섯 명이 저지른 비리. 그중에 개인적 착복에 관련된 돈만 추려보니 무려 300억에 가까웠다.

이후로는 본때가 빛을 발했다. 이틀을 지켜본 검증 대상자들. 3일째부터 줄줄이 기권을 선언하기 시작했다. 사퇴를 택한 것이다. 이후의 모든 대상자도 비슷한 길을 갔다.

사퇴……

사퇴……

비리와 부패 혐의는 많았지만 그들은 현행범이 아닌 것. 하나하나 추악한 모습을 밝혀내지 못하는 게 아쉬웠지만 사퇴를 한다는 데야 별수 없는 일이었다.

강토의 국회 검증은 그렇게 끝났다. 길고 긴 뜸을 들인 것에 비해서는 허무한 마감이었다.

이후에 총선이 시작되었다. 국회는 당장 눈에 띄는 변화를 이룬 채 선거에 돌입했다. 선거제도를 바꾸어 정원을 212명으로 줄인 것이다.

그들이 내세운 공약도 이채로웠다.

특혜 포기!

각 당의 후보들은 앞 다투어 다짐했다. 당선이 되면 포기할 막강 권한의 구체안까지 내밀며 지역 구민 앞에서 혈서 지장을 찍은 후보도 있었다.

─보좌관 절반으로 축소!

─세비 절반으로 축소!

─면책 특권과 불체포 특권에 대한 포기!

그것이 주 테마였다. 일각에서는 저희들 이익을 추구하는 국회의원 집단에게 선거공영제라는 미명을 통해 선거자금을 보전해 주는 것도 특혜라고 없애라고 했지만 보완되는 수준으로 마무리되었다.

김무혁이 이끄는 새날당은 완전히 변모한 모습으로 선거에서 낙승을 했다. 장철환도 거기서 금배지를 달았다. 새날당이 고전한다는 지역을 자처해 당당히 입성한 것이다.

'역시 장 고문님……'

강토는 그의 면모를 재확인했다. 그는 초반에 고전했다. 청와대 근무 경력 때문이다. 상대 후보가 낙하산이라고 폄훼하는 통에 애를 먹은 것이다. 그럼에도 강토에게 손을 벌리지 않았다. 강토를 대동하면 인기가 확 올라갈 수도 있는 상황이었다. 그래도 그는 혼자 힘으로 맞서나갔다. 그의 어머니 또한 나서지 않았다. 그것은 아들의 일이니 그녀가 개입하면 정정당당하지 않다는 것이었다. 강토는 생각했다. 장철환이 떨어질 리 없다고. 위아래로 바른 정신이 박힌 사람이 뽑히지 않는다면 대체 누가 뽑힌단 말인가?

그로부터 1년 후, 대선이 치러졌다. 장철환이 선거대책본부를 맡은 새날당. 마침내 김무혁을 청와대에 입성시키고 말았다.

그날 여의도에서 김무혁, 장철환, 반석기와 악수를 나눈 강토는 며칠 후 미국으로 떠났다. 반석기가 부장검사로 승진 내정이 된 날이었다. 조아인과 결혼한 지는 한 달째였고, 동종 기업을 합병한 아버지가 본격 경영에 박차를 가할 때였다.

아버지의 기업도 전진을 거듭했다. 중국 시장에 이어 인도에 진출했고, 까다롭다는 일본과 독일 시장을 뚫었다. 덕분에 아버지는 더 바빠졌다. 캄보디아에 짓는 학교도 늘어난 까닭이다.

공항의 강토 옆에는 문수와 덕규 등의 삐 컨설팅 멤버들이 있었다. 이성표도 있었다. 일동은 이코노미 좌석에 나란히 앉았다. 미국까지는 멀고 먼 여정. 이제 1등석으로 가도 모자랄 것 없는 형편이었지만 강토의 뜻이 그랬다.

새로운 도전!

개고생할 각오!

그 실천을 다지기 위해 자처한 일이었다.

미국에서는 워싱턴에 사무실을 냈다. 도노반이 제공한 건물이다. 그는 그 빌딩의 3개 층의 50년 사용권을 주었다. 아무런 조건도 없는 무상이었다.

미국에 자리를 잡고 굵직한 거래를 몇 건 성사시켰다. 미국 프로야구단 매매와 영국 프리미어 구단 매각이 그것이다. 그 외에도 인도네시아와 미얀마의 자원 개발 협상 또한 강토가 활약했다. 그것으로 강토는 바로 Millionaire, 즉 백만장자에 등극하게 되었다.

일도 잡다하게 맡지 않았다. 큰 건 위주로 일 년에 서너 건이면 충분했다. 나머지는 강토 내키는 대로 골랐다. 예를 들면 뇌질환으로 고생하는 분들에게 매직 뉴런 서비스를 하거나 특별한 사정을 가진 아이들을 도와주는 일이었다.

나머지 시간은 캄보디아의 학교 공사장이나 바로 이곳,

에메랄드 바다가 24시간 펼쳐지는 이곳,

몰디브의 해변에서 보냈다.

몰디브는 강토가 휴식을 취하기에 천혜의 장소였다. 4월부터 5월 사이의 한 달 동안 너무 더운 것이 흠이지만 나머지는 좋았다. 몰디브의 우기도 문제가 되지 않았다. 이 나라의 우기는 5월부터 11월까지.

그러나 거짓말처럼 강토의 섬에는 비가 별로 오지 않았다. 몰디브는 모두 섬으로 이루어진 나라. 바다에 떠 있는 섬들이다 보니 우기의 강수량도 섬마다 달랐던 것이다. 어느 섬에는 비가 쏟아지지만 어느 섬에는 한 방울도 오지 않는 때가 많았다. 그러니까 도노반은 날씨까지 고려해서 섬을 매입한 모양이다.

회상을 마친 강토가 섬을 돌아보았다. 섬이라지만 강토에게는 집이자 영토였다. 앞쪽에 보이는 야자나무들, 그 아래로 펼쳐지는 하얀 모래를 따라 펼쳐지는 건물이 강토의 자택이다. 정경은 한마디로 그림이었다.

뒤쪽으로도 몇 채의 집이 있었다. 그중 하나는 문수의 집이고 또 하나는 덕규의 집, 나머지는 아버지나 이성표, 혹은 손님들이 쓸 수 있도록 따로 관리하고 있었다.

아, 문수도 재희에게 결혼 약속을 받아냈다. 강토가 미국으로 가게 되면서 결혼설이 급물살을 탄 모양이다. 그런데 거기서 예상 밖의 일이 터졌다. 덕규의 폭탄 발언이었다.

"나도 결혼합니다!"

미국으로 떠나기 일주일 전이었다.

"누구랑?"

강토가 물었다.

"세경이……."

덕규가 뒷덜미를 긁어댔다. 둘이 그새 정분이 난 모양이다. 누구보다 좋아한 건 덕규 어머니였다.

"오매, 좋아뿌링거!"

고향에서 올라온 덕규 어머니는 식장에서도 덩실거리며 춤을 췄다. 강토도 업고 세경이도 업었다. 참 정이 많은 분이었다.

"대표님!"

수영장 쪽에서 쏘냐가 달려왔다. 일곱 살 쏘냐는 건물 관리인의 딸이다. 아버지가 아랍인이라 그런지 눈망울이 시원한 아이였다.

"이거 드시래요."

그녀가 주스를 내밀었다. 강토는 주스를 받아 마셨다.

"땡큐!"

치하를 하고 하늘을 보았다.

'올 시간이 됐는데?'

수평선까지 내다보지만 기다리는 물체는 없었다.

"사모님은?"

강토가 물었다.

"아직 괜찮으시대요. 주스도 다 드셨는걸요."

"네가 고생이 많구나."

"아뇨, 저는 대표님하고 사모님 심부름하는 일이 너무나 즐거워요."

쏘냐가 얼굴을 붉혔다.

그때 아스라한 수평선에 뭔가가 번득거리기 시작했다.

"비행기가 와요!"

쏘냐가 소리쳤다. 강토는 뱃머리로 나갔다. 기다리던 사람들이 오는 모양이다.

촤아악!

수륙양용 비행기가 사뿐하게 수면 위에 내려앉았다. 거기서 제일 먼저 나온 건 덕규였다.

"형!"

하지만 덕규는 이내 수면에 처박히고 말았다. 뒤에 있던 문수가 밀어버린 것이다.

"형이 뭐야? 대표님이라니까! 어?"

그 문수도 기우뚱 기울면서 수면에 빠졌다. 이번에는 세경이가 문수를 민 것이다.

"왜 남의 신랑을 테러하고 난리래요?"

그녀의 뒤로 재희가 보였다. 그리고 닥터와 간호사도 보였다.

"늦은 건 아니죠?"

물에서 나온 문수가 물었다.

"다행히!"

"으아, 그러니까 내가 일찍 출발하자고 그랬잖아요?"

덕규가 문수를 닦아세웠다.

"배탈 났다고 화장실 들락거려서 시간 늦춘 게 누군데 그래?"

"아, 그거야 생리현상이라……."

"생리현상 같은 소리. 물 아무거나 마시지 말랬잖아? 무슨 강철 위장이라고 큰소리 뺑뺑 치더니… 내가 하면 로맨스, 네가 하면 불륜이야?"

"아, 또 그걸 그렇게……."

덕규는 결국 울상이 되고 말았다.

"산모는 어디 있지요?"

닥터가 영어로 물었다.

"쏘냐, 선생님 좀 모시고 갈래?"

강토가 쏘냐에게 말했다.

"저 따라오세요!"

쏘냐는 닥터의 손을 잡아끌었다.

"쏘냐는 진짜 귀엽다니까요."

뒤에 있던 세경이 웃었다.

"그러니까 우리도 쏘냐 같은 예쁜 딸 하나?"

바로 작업에 들어가는 덕규.

"이이가 정말⋯⋯."

세경이 덕규의 발등을 밟자 덕규가 엄살을 떨며 경중 뛰어 올랐다.

"자, 들어가자. 아인 씨가 반가워할 거야."

강토가 일행을 재촉했다.

흰 모래를 밟으며 걸었다. 늘 촉감이 좋은 모래였다. 아인은 거실 창가의 피아노 앞에 앉아 있었다. 음악은 이사오 사사키 의 바이올린 연주가 흘러나오고 있었다.

"안녕하세요, 형수님?"

"언니, 우리 왔어요!"

덕규와 세경의 목소리만으로도 실내가 울렸다.

"분만 예정일이 잘 맞는 것 같습니다. 곧 산기(産氣)가 있을 것 같네요."

아인을 진료한 의사가 웃었다.

당장 해변에서 파티를 벌였다. 쏘냐의 아버지가 구해온 바 닷가재와 새우 등을 통째로 구웠다. 그 냄새가 어찌나 좋던지

갈매기들까지 극성을 떨었다.

"자, 미리 많이 먹어두세요. 싸모님!"

강토가 손으로 깐 바닷가재 살점을 아인에게 내밀었다.

"고마워요."

아인이 접시를 받아 들었다.

"어이, 신랑, 뭐 느끼는 거 없어요?"

그걸 본 세경이 덕규를 다그쳤다.

"뭐?"

분위기 모르는 덕규는 자기 입 채우느라 바빴다.

"아, 이 남자, 매너 하나는 진짜 개털이라니까."

"까달라고? 알았어. 알았다고."

덕규가 바닷가재를 까기 시작했다. 하지만 개판 오 분 전이
었다. 검댕과 들쑤셔 놓은 듯한 살점은 인간의 입으로 들어갈
수 있는 비주얼이 아니었다.

"헤헷! 나보다 못 까."

보고 있던 쏘냐까지 웃을 정도였다.

"이걸 나보고 먹으라고? 됐어! 내가 까서 먹고 말지!"

세경이 바락 소리를 높였다.

"아, 진짜 까줘도 난리, 안 까줘도 난리. 싫으면 관둬. 내가
먹으면 되지."

덕규는 그걸 제 입에다 홀랑 털어 넣었다.

그때였다. 아인이 움찔 흔들렸다.

"왜? 아파?"

강토가 물었다.

"아기가 나오려나 봐요."

아인이 대답했다.

닥터가 다가와 그녀를 안으로 옮겼다. 파티는 그렇게 끝났다.

강토와 일동은 문 앞에 옹기종기 모여 조바심을 내고 있었다. 어린 쏘냐도 그랬다. 그리고 얼마나 지났을까? 안쪽에서 응애 하고 새 생명의 첫소리가 들려왔다.

"예쁜 공주님이네요!"

간호사가 뛰어나와 두툼한 입술로 소리쳤다.

"형, 축하해!"

인사와 함께 덕규와 문수가 강토를 들어 올렸다. 세경이와 재희도 합세했다.

"어어, 왜 이래?"

강토가 버둥거리는 사이에 그들은 해변으로 뛰었다. 그리고 접안장 끝에서 강토를 바다에 던져 버렸다.

풍덩!

"축하합니다, 대표님! 바다처럼 넓은 마음의 아빠가 되세요!"

덕규네가 합창을 했다.

바다에 빠진 강토의 눈에 하얀 산호초가 보였다. 푸른 바다 속에서 흰 산호초가 환상처럼 살랑거렸다.

'6번 뇌……'

문득 그 생각이 났다. 푸른 바다 속에서 일렁거리는 하얀 산호를 보니 실험관 속에 들어 있던 6번 뇌를 보는 것만 같았다.

'헤이!'

일렁임 사이로 느낌이 전해왔다.

"……?"

강토가 집중하는 사이, 입에서 나온 공기가 보글거리며 수면 위로 올라갔다. 이리 와. 이리 와. 하얀 산호가, 아니, 6번 뇌가 강토를 향해 손짓하는 것 같았다. 가만히 유영해 다가갔다.

울렁!

물결 사이로 한 번 더 느낌이 전해왔다.

'축하해!'

매직 뉴런의 시냅스를 단숨에 파고드는 그 느낌은 6번 뇌를 닮아 있었다.

『시크릿 메즈』 완결